식탁의 길

식탁의 길

마일리스 드 케랑갈 소설 정혜용 옮김

열린책들

UN CHEMIN DE TABLES
by MAYLIS DE KERANGAL

차례

1

베를린 / 되너 케밥

되너 케밥 1970년대 베를린에서부터 유명해진 음식으로, 그 유래는 터키에 두고 있다. 되너는 회전 꼬치구이 방식을, 케밥은 구운 고기를 의미한다. 큰 꼬챙이에 끼워 숯불에 돌려 가며 구운 고기를 주로 야채와 함께 얇고 넓적한 피타 빵 안에 넣어 만들며, 샌드위치처럼 간편하게 먹을 수 있다.

기차가 베를린을 향해 달린다. 벌판을, 연기가 피어오르는 들판을, 강을, 거침없이 달린다. 가을이다. 청년은 이등칸 객실 창가 쪽에 앉아 있다. 스무 살, 호리한 몸매, 납작한 짐 가방, 손에는 책 한 권. 나는 맞은편 좌석에 앉아 표지에 적힌 제목을 읽어 낸다. 요리대백과, 기본 요령과 준비 과정, 조리법. 청·백·적의 바탕색과 그 위에 도안으로 처리한 요리사 모자 세 개가 눈에 띈다. 이제 엉덩이를 들고 몸을 숙여 책장들 위로 머리부터 들이미니, 이탤릭체로 설명을 달아 놓은 작은 삽화들과 요리 과정을 보여 주는 단계별 사진들이 정렬되어 있고, 거기에는 사람의 얼굴이라고는, 사람의 입이라고는 보이지 않고, 오로지 상반신과 손만,

그렇다, 깔끔하게 바투 깎은 손톱이 자리한 또렷한 손들만, 금속이나 유리 혹은 플라스틱 도구들을 다루는 손들만, 그릇 안에 푹 잠긴 손들만, 칼이 들린 손들만, 동작 중에 포착된 온갖 손들만 보인다.

청년은 책장을 넘기며 내용을 들여다보고, 목차와 용어 해설 사이를, 서문과 부록 사이를 오가며 책을 뒤적인다. 그는 책에 어떻게 다가가야 하는지를 모르는 사람처럼 아직 읽지는 않고 주변만 맴돈다. 사실, 그가 알고 있는 것이 별로 없으리라고 나는 생각한다. 본인이 그날 그 시간에 기차 안에서 뭘 하고 있는 것인지조차 알지 못하리라고. 그리고 누군가가 질문을 해온다면, 그러니까 불쑥, 왜 베를린인데? 하고 묻는다면, 청년은 어깨를 으쓱해 보인 뒤 눈꺼풀을 내리고 의자 등받이에 머리를 묻고서는 내면으로 파고들리라고. 그가 확신하는 유일한 것, 그건 지금 이 칸에 앉아 있다는 것, 인조 가죽과 놋쇠의 번쩍거림과 이런 갇힌 느낌 — 미지근한 열기, 세제 냄새 — 속에 잠긴 채, 발이 양탄자가 깔린 바닥과 맞닿아 있다는 것이다. 그가 확실하다고 느끼는 유일한 것, 그것은

그를 싣고 나아가는 기계의 단단함이다. 유리창 너머
로 쏜살같이 지나가는 회색빛 풍경은 낡은 매트리스
인가. 청년은 책을 덮고 잠이 든다.

2005년 10월. 이맘때의 프렌츨라우어 베르크 지역
은 쨍하니 춥다. 몇 시간 뒤, 여행 가방을 비스듬히
둘러 맨 모로가 역을 가로질러 친구의 아파트가 있는
로툼슈트라세의 한 건물을 향해 걸어간다. 친구가 싸
게 빌렸다는 그 아파트는 둘이 살기에도 한참 넓다.
소리가 울리는 계단을 올라 층계참에 다다르니, 문이
열려 있다. 모로가 들어가서 친구를 부른다. 아무도
없다. 분수대 장식처럼 조각된 갈탄 난로 쪽으로 바
투 다가가 마룻바닥에 책상다리를 하고 앉는다. 청년
은 주위를 둘러본다. 주워 온 가구 몇 점이 텅 빈 공간
에 놓여 있다. 그는 두 손을 비빈다. 배고픔을 느낀다.
앞으로 석 달은 여기 머물 예정이다.

베를린에서 지낸 이 시기에 대해 모로가 기억하는
것은 희고 춥고 텅 빈 낮과 검고 덥고 북적이는 밤 —

그에게 잘 맞는 균형 — 이다. 어쨌든 초기 몇 주 동안의 낮 시간은 느긋하고 유리 섬유처럼 시간의 결이 도드라졌다는 인상을 남긴다. 요아힘 — 공동 세입자 — 이 로젠탈러 슈트라세에 있는 인기 절정의 바에 일하러 간 사이 아파트에서 홀로 보내는 시간들. 마루가 조금만 움직여도 삐걱대는 소리가 나는 탓에 아무 소리도 들리지 않도록 음악의 볼륨을 끝까지 올려 소리의 질료 속으로 녹아든 채 스페이스 록을 듣는 시간들. 그는 정해진 시간이 다가오면 이와 유사한 분위기의 바에 가서 사람들을 만나고, 독일어를 한마디도 못하기 때문에 그곳에서 주위 사람들의 몸짓과 표현과 얼굴에 집중하며 동이 터올 때까지 내달리는 육체들 사이를 누비고 다닌다.

어찌 됐든, 어느 아침, 그가 움찔거리더니 몸을 부르르 떤다 — 한 마리의 망아지. 검고 둥근 빵과 아메리카노 한 잔을 삼키고, 영차, 밖으로 나간다. 모자 달린 외투의 단추를 채우고 깃을 올리고 주머니에는 10유로가 채 안 되는 돈을 넣고서 답삿길에 나선다. 그의 발걸음은 이제 추적자의 발걸음이며, 정해 놓은 길 없이 나아가는 만큼 단호함을 띤다. 그다음 날 그는 다시 답삿길에 나선다. 그다음 날도 마찬가지. 아스팔트 길을 누비며 시곗바늘 방향으로 밟아 나가는 베를린. 팡코, 프리드리히스하인, 쇠네베르크, 달렘, 샤를로텐부르크, 티어가르텐 — 어쨌든, 그는 농구화가 닳도록 걷는다. 발뒤꿈치에 물집이 잔뜩 잡힌다. 저녁이 되면 그가 로툼슈트라세로 돌아오는 모습이 내 방 창가에서 잡히고, 나는 그가 살짝 절룩이며 걷는 것을 지켜본다. 그러노라면 샐비어와 녹차를 달여 만드는 탕약이, 발바닥의 오목한 부위가 불이 붙은 듯 뜨거울 때 열기를 식히려고 발을 담그는 그 탕약이 기억난다.

도시 돌아다니기. 이 여행길 틈틈이 시원하게 맥주를 들이키려고 노이퀼른의 카페에 들러 갖는 짧은 휴식들. 점심시간이면 케밥 가게 앞에 생겨난 대기 줄 — 기다리는 동안 찌르는 듯한 추위 속에서 입김이 피어오르고, 발을 동동 구르고, 팔짱 낀 손을 겨드랑이에 낀 채 폴짝폴짝 뛴다 — 에 끼어들면서 길어지는 휴식들. **되너 케밥**은 베를린의 발명품이다. 이 도시

13

에는 케밥 가게들이 맥도날드보다 더 많다 — 모로가
베를린에 머무는 동안 들르게 될 케밥 가게는 30군데
가 넘어가게 되는데, 메링담 전철역 부근에 자리 잡
고 케밥을 만들어 파는 푸드 트럭을 가장 좋아하는
가게로 꼽게 된다. 얇게 썬 고기들은 파삭하고, 구운
양파들은 달달하고, 감자튀김들은 바삭하며, 빵은 속
이 말랑하고, 이 모든 것에 배어든 기름진 소스는 진
하고 부드럽다. 그리고 뜨겁고, 뜨겁고, 뜨겁다. 더할
나위 없는 연료.

　도시를 그려 보고, 그 안에서 자신이 어디쯤 있는
지를 알아보는 방법인 이 도보 여행은 스스로에게 생
각의 공간을 열어 주는 방법이기도 하다. 차가운 대
기에 잠긴 그의 몸에서 김이 피어오를 때, 한창 변신
중인 도시라서 혼란스러운 지적도(地籍圖) 위로 길을
내며 나아갈 때, 모로가 머릿속으로 그려 보고 그 위
치를 점찍어 보는 대상은 사실 그의 삶, 그가 조명을
비추는 것은 바로 그의 삶이다.

　그는 걷고 또 걸으며 최근의 몇 해를 거둬들인다.
파리 3대학 경제학부에서 학사를 마칠 때까지 거침

없이 흘러간 학기들. 뻔하고 무기력한 한 학년 중에서 유일하게 집중력이 발휘되는 시험 전날의 밤샘 공부와 그 덕분에 획득한 학위. 쾌감을 느끼며 진창 속으로 빠져들듯 집단적으로 빠져든 게으름. 낮 시간을 흐릿하게, 밤 시간은 더욱 어둡게 만드는 대마초 연기. 모든 것이 다 흐릿하게 떠돌고 기억 속에 볼가지는 것은 제로—빌어먹을, 그 몇 해가 다 어디로 갔을까? 샛길처럼 잠깐 끼어들어, 햇빛 잔뜩 머금은 오렌지의 인상으로 남은 리스본에서의 체류. 시스템의 계승자들인 부르주아 젊은이들을 위한 경영 대학원을 포기하고 공동체의 삶을 경험하기. 한 아파트를 나눠 쓰는 먹성 좋던 친구들. 끝없이 대화를 나누며 네다섯 시간 동안 이어지는 파티에 푹 빠져들던 그들. 바스크, 스페인, 포르투갈, 이탈리아의 말들—서로 뒤섞이는 모로와 미아의 혀—의 뒤섞임. 모인 친구들을 위해 엄청난 양의 그라탱과 레몬즙 넣은 블랑망제,[1] 프렌치토스트, 갖가지 수프와 부용[2]을 만들어 내는 모

---

1 아몬드 우유에 쌀이나 감자 혹은 옥수수 전분을 첨가해서 굳힌 음식으로, 순백색을 띤다. 이하 모든 주는 옮긴이의 주이다.

로. 수제 잼과 농장에서 생산한 돼지고기 가공품들, 그러니까 신문에 둘둘 말아서 스포츠 가방 밑바닥에 넣어 들고 온 귀중품들의 지속적 교환. 여름 초입에 에라스뮈스 교환 학기가 끝나고 석사 학위를 받자 〈다시 곤두박질〉. 바이 바이 리스본. 조종(弔鐘)을 울린 사랑의 향연. 그러자 갑작스레 솟구친 공허감. 불투명한 미래. 갖가지 생각들과 비어 가는 호주머니. 돌아오는 길에 그의 사촌이 잔과 함께 정착해 살고 있는 샤랑트의 농장 마당에서 퍼져 버린 자동차. 여름이 한창이다. 들판은 느른하게 지글거린다. 모로는 아무런 계획 없이 두 달 동안 맴을 돈다. 신학기가 시작되어도 대학으로 되돌아가지는 않겠다는 생각만 확고하다.

이 베를린 횡단의 시기에, 모로는 종종 다리쉼을 하느라 길 가다 만난 첫 번째 맥주홀에 들러 문가에 가까운 테이블을 찾아낸다. 잔, 모로는 잔에 대해 생각한다.

2 고기와 야채 등을 끓여서 우려낸 국물로, 수프나 소스의 베이스로 쓰인다.

16

머리에는 밀짚모자, 밑단 풀린 짧은 청바지, 그 아래로 보이는 날쌘 두 다리, 가죽 납작신 속의 봉긋 솟은 작은 발, 그리고 눈 돌아갈 정도의 엄청난 체력 소모 — 양, 닭, 돼지, 채마밭. 모로는 잔이 손에 삽을 들고 골똘한 표정으로 농장 마당을 지나가면 눈으로 잔을 쫓는다. 잔이 부엌문 앞에 자리 잡고 앉아서 담배를 말며 그에게 불쑥 말을 던질 때의 그 목소리가 아직도 귀에 쟁쟁하다. 그러니까 경제학을 공부한다고? 그가 화들짝 놀라며 고개를 끄덕인다. 그 역시 손에는 맥주를 들고 달아오른 벽에 기대어 앉아 있다. 안 그래도 잔은 경제에 관심이 생겨서 블로그나 포럼에서 벌어지는 토론에 끼어들고 탈성장 이론가들의 글을 읽고 유기농업의 새로운 분야를 연구하고 있다. 그녀가 미소를 띠며 말한다. 담배와 포도주를 빼고 나면, 고기나 여기서 소비되는 대부분의 음식은 직접 생산된 것들인데, 눈치챘었니? 아니면 몰랐으려나? 모로는 고개를 젓는다. 몰랐어. 그는 아무것도 알아차리지 못했다.

모로가 만난 최초의 요리사, 전문 요리사, 예부터

늘 존재해 오는 요리사인 셈이다. 여름 동안, 잔이 바로 그 현장에서 모로에게 보여 준 것은 예술가들의 얼렁뚱땅 요리, 모로가 알고 있는 요리, 각자의 역사가 뒤섞여 있는 친구들의 요리와는 전혀 딴판인 그 무엇이다. 잔은 모로를 다른 분야로, 생태주의의 영역으로, 대지의 자원이라는 영토로 이끈다. 이곳은 과일과 채소들, 그러니까 황금빛 배, 다이아몬드 호박, 이파리 달린 당근, 비프스테이크 토마토, 맛있는 뿌리채소들, 진보랏빛 개량종 가지, 그리고 파슬리, 샐비어, 쐐기풀 등의 야생초들로 이루어진 광대한 영역이다. 이곳은 목덜미를 잡아채야 하는 가금류들이 우글거리며 나폴레옹이라는 이름의 돼지에게 말을 걸고 태양이라는 이름의 황소가 떵떵거리는 그런 대륙이고, 인간적인 부엌이다. 또 다른 세상. 무슨 일인가 벌어진다. 모로는 잔이 대지와 계절에 주파수를 맞추고 자신의 생각대로 살아가는 것이 좋고, 그녀의 에너지와 그녀가 드러내는 기분의 투명성 — 솔직한 즐거움, 휘몰아치는 분노 — 을 좋아한다. 그래서 나는 모로가 그녀의 행위와 걸음과 시선이 발산하는 자신감을 대하고 몹시 흔들렸을 거라고 확신한다.

청년은 곧장 파리로 돌아가지 않는다. 여름철 농장에서 보내는 기간을 늘려 계절 노동자들과 함께 일한다. 그러다가 9월 말에야 랑드를 떠난다. 베를린으로 가서 요아힘을 만날 생각인데, 이로 인해 불확실한 상태가 좀 더 이어질지도 모른다. 그 전에, 파리의 생미셸 광장에 자리한 지베르 서점에 잠깐 들러, 그곳에서 베를린 안내도 말고도 직업 자격증 준비용이라고 나와 있는 요리 입문서 한 보따리를 사들인다.

11월의 그날 아침, 로툼슈트라세의 아파트에 푸르스름한 빛이 감돌고 창문에 맺혀 있던 물방울들이 줄지어 흘러내리는데, 모로는 담요 밖으로 슬그머니 팔하나를 내밀어 여행 가방 안으로 손을 쑥 집어넣고는 욕조에 받은 물을 휘저어 보듯 가방 속을 휘저어 댄다. 유로화 몇 닢이 걸려들 법한 탐사에서 그는 열어본 적 없이 그곳에 처박아 둔 어느 요리책의 차디찬 표지에 손끝이 닿고 만다. 그는 책을 꺼내어 들고, 마치 그 책이 시간의 심연으로부터 현재라는 표면으로 떠오르기라도 한 양 놀라 바라본다. 자리를 털고 일어나 길을 나선 그는 프렌츨라우어에 위치한 바서투름 도서관으로 가는 길로 접어든다 — 어느 순간에, 정확히 어느 순간에, 삶의 흐름은 가능한 혹은 바람직한 미래로서 이쪽 길을, 저 길이 아니라 이 길을, 다른 그 어떤 길도 아니고 이 길을 단단히 다지면서 뚜렷해지는 걸까? 모로가 잠재기에서, 그러니까 청춘이라는 이 왕국에서 벗어나기 시작한 건 베를린에서 체류하는 동안, 비록 그 기간이 모로에게 남긴 인상이라고는 추위와 기나긴 여정들뿐이라 해도 그 기간이라는 생각을 종종 하게 된다. 이제 도서관 독서실에 자리 잡고 앉아 독서를 시작하는 모로의 모습이 보인다. 그곳은 현대적이고, 환하고, 조용하다. 따뜻하기도 하다.

2

오네 / 케이크, 카르보나라, 수제 피자

오네 파리 북동부에 위치한 지역.

요리. 모로는 그것이 가능한 직업이라고 생각해 본 적이 없었다. 지금에야 그 청년이 어렸을 때에는 식사 시간이 다가오면 불 위에 올려놓은 냄비 앞에 와서 서성거리고, 발돋움을 해가며 냄비 속을 들여다보고, 오븐의 유리문에서 눈을 떼지 못하며, 크림을 손가락으로 찍어 맛보곤 했다는 — 우리 오늘 뭐 먹어요? 이건 뭐예요? — 이야기들을 기꺼이 늘어놓는다. 초등학생 때 케이크 만드는 법에 관한 책을 받게 된 뒤로, 다른 아이들이 자기 방에 처박혀 레고로 다양한 세계를 쌓아 올리거나 로봇들로 우주 전쟁을 수행하거나 플레이스테이션으로 게임을 하거나 만화책을 들여다보는 것과 비슷한 면이 없지 않게, 학교에서 돌아오면 하루에 하나씩 케이크를 만들어 보려고 했던 소년을, 집중력이 뛰어나며 여윈 모습의 소년을 즐겨 떠올린다. 이는 전설을 만들어 내거나 〈이미 어려서부터……〉식의 논리를 내세우는 데 일조하는 그런 이야기들이다. 왜냐하면 소명 의식, 그러니까 귓속에서 부르는 목소리나 몸을 꼿꼿이 세우게 하는 열정 등은 통하지 않던 시대였으니까. 모로의 공책, 그림, 크리스마스에 할머니에게 보낸 편지들에서 그러한 소명의 흔적을 찾아봤으나 헛수고다. 그런 흔적은 전혀 발견되지 않는다. 오히려 일곱 살 때 그는 걸핏하면 서커스 단원을 들먹였고, 열일곱 살 때는 한 재산 만드는 것, 돈을 만지는 것, 골든 보이의 삶과 흡사할 국제적이고 세련된 삶을 노래해 댔다 ─ 아마도 그가 이처럼 부에 대한 열망을 드러내는 이유는 부자가 되고 싶다는 열망을 몰상식으로, 위기를 겪는 청소년기의 징표로 취급하는 자기 부모를, 뛰어난 재능을 타고난 자유분방한 부모를 골탕 먹이고 싶어서이리라. 어깨를 한 번 으쓱대고는 구석에 가서 미소 짓는 부모를.

24

모로는 센생드니에 둥지를 튼 예술가 가정 ── 오만 가지 직업을 가진 아버지, 조각가 어머니, 여동생 ── 에서 성장했다. 부부는 오네수부아에서 살림집 이상의 공간을, 그러니까 창작을 위한 주택을 찾아냈다.

돈이 마구 굴러다니는 집안은 아니다. 그건 사실이다. 하지만 그렇다고 해서 가족의 식탁에 올리는 것을 놓고 타협하는 일은 있을 수 없다 ── 맛과 다양성. 아무거나 먹지는 않는다. 또한 아무렇게나 먹지도 않는다. 꽃무늬가 화려한 접시에 튤립 모양의 잔, 그리고 돌돌 말아서 회양목으로 만든 고리를 끼워 정리해 놓은 천 냅킨들. 식사 시간에는 육체와의 관계 맺음, 그리고 세계 내 존재 기입이 일어난다고 생각한다. 그러니까 자아의식이, 달리 말하자면 인간을 동물로부터 구별해 주는 것이 싹튼다고 ── 독일어에는 〈먹다〉라는 의미를 갖는 동사로 *essen*(인간의 경우)과 *fressen*(동물의 경우) 두 개가 존재함을 그 특유의 테너 음색으로 기쁘게 알려 주는 모로의 아버지, 자크.

이처럼 다 같이 식사하는 문화는 이탈리아 혈통인 모로의 어머니, 안나로부터 이어진 것으로서, 매 끼

니를 식구 모두가 준수하는 일상적 제의로 만든다. 이러한 집안 분위기는 또한 진취적이고 세련된 취향을 지닌 안나의 배경인 외할머니를 떠올리게 하는데, 전설의 요리들을 척척 만들어 내고 그 유명한 『행복의 부적』[1]에 열거된 요리법들을 꿰고 있는 외할머니는 토스카나 향토 요리 보존을 위한 순회 예술 학교인 셈이다. 그런 만큼, 아이가 부엌으로 들어와 허리에 앞치마를 두르는 순간, 아이는 상반되는 그 두 인물의 이중의 영향력 밑에 놓이거나, 아니 그보다는 그 둘의 끊임없는 마찰에 따라 움직이게 되고, 이렇게 상반되는 요소들, 그러니까 창조와 전통, 혁신과 관습, 놀라움과 단순성이 한데 어우러지면서 요리사의 무훈이 촉발되기 마련이다.

어쨌든 초기에는 창조로 보는 견해가 더 크게 작용하고, 이것이 아이에게는 우선이다. 아마도, 어머니가 집에 있는 재료들로 요리하여 그것들을 이상적으로 탈바꿈시키는 예술을 하루하루 실천하는 모습을

1 *Il talismano della felicità.* 이탈리아의 요리사이자 잡지 편집인인 아다 보니Ada Boni(1881~1973)가 1929년 출간한 요리책으로, 여전히 찾는 사람이 끊이지 않는 요리책의 고전이다.

보아서일 것이다. 아마도, 어머니가 능란함과 기발함을 발휘하여 빠듯한 일상에 맞서는 모습을 보아서일 것이다 ─ 달리 말하자면 소박한 염가의 생산품들, 가령 일주일에 한 번 먹는 고기를 주제로 한 무한한 변주들. 그리고 외식은 일절 금지.

처음부터, 모로는 마법의 공간이나 마찬가지이며 놀이터인 동시에 실험실인 부엌으로 들어간다. 그곳에서 그는 불과 물을 사용해 보고 여러 가지 기계와 조리 도구를 작동시키다가 곧 몇 가지 변환을 다스릴 줄 알게 된다. 용해와 결정, 기화와 비등, 고체 상태에서 액체 상태로의 이행, 냉에서 온으로의 이행, 백에서 흑으로의 이행 ─ 그리고 그 반대도 ─, 날것에서 익힌 것으로의 이행을. 부엌은 세계의 변모가 일어나는 무대이다. 그리하여 요리라는 행위는 정해진 법칙을 따르는 놀이와는 다른 것으로 빠르게 바뀐다. 그것은 사물에 대한 가르침이고, 화학과 감각의 모험이다.

모로가 케이크를 굽기 시작한 것은 열 살 때부터

다. 오후만 되면, 책가방을 자기 방에 아무렇게나 집 어던져 놓고서 부엌으로 들어가는 그의 모습이 보인 다. 이 시간에 집에 있는 사람은 그 혼자라, 그가 그 곳의 주인이다. 그는 벽장을 살펴보고 냉장고에 있는 재료들을 조사하고 난 뒤, 갖고 있는 재료와 어울리 는 레시피를 고르고 재료들은 잘 보이게 식탁 위에 늘어놓는다. 그러고는 레시피를 읽고 그 과정을 머릿 속으로 그려 본다. 곧 쏟아붓고, 껍질 깨고, 무게 달 고, 휘젓고, 부수고, 데우고, 측정하고, 옮겨 담고, 배 합하고, 반죽하고, 자르고, 껍질을 벗기고, 굽고, 식 히고, 배열하고, 뒤섞는 그의 모습이 보인다. 어른들 의 몸짓을 따라 하다가 내 사람들 먹일 것을 장만하 게 되는 것이다.

요리란 대번에 타인을, 램프 속에 들어 있는 요정 처럼 케이크 속에 들어 있는 타인들의 존재를 이끌어 내니까. 음식의 완성은 즉각적인 상차림을, 음식을 함께 나눌 사람들을, 말을, 감정을, 그리고 음식을 선 보이는 시점부터 음식이 촉발하는 품평 — 입안 가득 음식을 넣고 두 눈을 크게 뜬 채 웅얼거리는 말들 —

28

에 이르기까지 식사에서 생겨날 수 있는 연극적인 그 모든 것을 불러내니까. 단짝패 — 소원해질 법도 한데 중·고등학교 7년 내내 한데 뭉쳐 다니는 여섯 명의 사내아이들 — 안에서 다른 아이들이 잘생기거나 기계를 잘 다루거나 지적이거나 잘 놀거나 여자를 잘 꼬시거나 스포츠에 능하거나 혹은 웃기기를 잘하는 인물로서 저마다의 역할을 맡고 있듯이, 모로는 청소년기에 접어든 뒤로 함께 어울리는 친구들 사이에서 요리사 노릇을 하고 있다. 나 혼자 먹으려고 요리한 적은 한 번도 없어요 — 모로가 플란차[2]에 구운 낙지를 접시에 담아서 내게 내민다.

케이크를 만드는 동안 그를 홀리는 것, 그건 바로 요리책의 마력이다. 마치 케이크는 레시피로부터 탄생하는 것만 같다. 케이크는 굽기 과정이 끝나면 오븐에서 나오듯 언어에서 나오기도 한다. 그래서 모로가 경험을 쌓아 갈수록 요리 분야 어휘가 섞여 들면

2 스페인에서 19세기에 사용하기 시작한 그릴. 오늘날에는 플란차를 이용하는 요리법을 의미하기도 한다.

서 그의 어휘가 풍부해진다. 레시피를 따른다는 것, 그것은 감각 작용을 동사와 명사에 대응시키는 것이다 — 예를 들자면, 와삭거리는 것과 바삭거리는 것의, 바삭거리는 것과 파삭거리는 것의 구별법을 배우는 것이고, 황금빛 돌게 굽기, 갈색 돌게 굽기, 흰색 띨 때까지 계란 휘젓기, 노르스름하게 굽기, 다갈색이 돌게 볶기, 노릇노릇 볶기, 졸이기 등 서로 다른 행위들의 정확한 구별법을 배우는 것이고, 나아가 색채 스펙트럼 및 식감과 풍미의 다채로움에 한없이 미묘하게 달라지는 요리 어휘의 스펙트럼 및 다채로움을 연결 짓는 법을 배우는 것이다. 모로는 샤를로트,[3] 바바,[4] 일 플로탕트,[5] 가토 마르브레,[6] 치즈케이크, 타르트 오 시트롱 므랭게,[7] 푸딩, 마카롱, 피낭시에 아

---

3 케이크 틀 벽에 손가락 모양의 과자를 빙 두르고 그 안을 크림으로 채운 뒤 차게 식혀 먹는 디저트.
4 밀가루, 버터, 달걀, 효모, 건포도 등이 들어간 둥글고 작은 케이크로, 럼을 살짝 뿌려 먹는다.
5 커스터드의 일종인 크렘 앙글레즈 위에 계란 흰자와 설탕으로 만든 므랭그를 얹어 만드는 디저트.
6 진한 색과 연한 색의 반죽을 섞어서 서로 다른 색깔들이 무늬를 이루도록 만드는 케이크.
7 므랭그를 올린 레몬 크림 타르트.

라 피스타슈,[8] 바바루아,[9] 크렘 브륄레,[10] 퐁당 오 쇼
콜라, 클라푸티,[11] 티라미수, 렌 드 사바,[12] 그리고 그
밖에도 이것저것 만들어 보면서 이방의 언어나 다름
없는 그 언어를 습득한다.

그러는 동시에 이즈음부터, 모로는 자신의 감각을
벼리기 시작하여 곧 골무 하나나 커피 숟가락 하나만
큼의 분량을, 엄지와 검지에 집히는 소금의 분량을 눈
대중만으로 측정할 수 있게 되고, 밀가루 250그램과
버터 50그램이 어느 정도의 분량일지를 가늠할 줄 알
게 되며, 온도와 굽는 시간을 자유자재로 조절하며,
계란이나 크림이나 사과가 생산된 지 얼마나 됐는지
를 맞출 수 있게 된다. 그의 감각들은 요리 과정의 매
단계에서 다 함께 동원되고 동시에 하나의 동작으로
응결되면서, 차츰차츰 벼려진다. 마치 아이가 스스로

8 피스타치오가 들어간 피낭시에. 피낭시에는 밀가루, 아몬드 가루,
버터 등으로 만드는 작은 금괴 모양의 빵으로, 주로 디저트로 먹는다.
9 우유, 달걀, 젤라틴 등으로 만드는 차가운 크림 디저트로, 과일이
나 초콜릿 등을 이용해 다양한 변화를 준다.
10 커스터드 위에 얇게 캐러멜을 덮은 디저트.
11 달걀 반죽에 제철 과일을 얹어 만드는 파이의 일종.
12 초콜릿 케이크의 일종.

의 통합을 이루듯, 이것은 공감각의 향연이다. 이제 모로는 코, 손, 입 혹은 눈이나 마찬가지로 귀로도 요리를 한다. 그의 육체는 더욱 확실한 존재감을 발하고, 세계의 척도가 된다.

　유년기가 멀어져 가면서 친지든 지인이든 가족의 식사 자리에 오는 어른들에게 깜짝 즐거움을 선사하겠다는 열망은 시든다. 모로에게는 다른 할 일도 많다. 청소년기를 보내는 중이고, 집에 있으면 좀이 쑤신다. 모로의 부엌 난입이 계속된다면 그것은 이제 단짝 친구들을 위해서인데, 해먹는 게 더 낫고 덜 비싸서이다. 어쨌든 그에게는 나름의 원칙이 있다. 정크 푸드는 가난한 사람들에게 가해지는 폭력이며 인스턴트 식품은 도시인들의 고독을 드러낸다는. 열세 살짜리 관념론자 모로가 패거리에게 경고한다. 냉동 피자, 그건 절대 안 되고, 맥도날드도 마찬가지야. 친구들은 오케이라고 대답은 하지만 주머니 속을 더듬으며, 7유로도 안 되는 돈으로 〈식탁에 앉아서 따뜻한 한 끼 식사〉가 가능한 그곳과 겨룰 만한 게 뭐가 있겠냐고 서로에게 대놓고 묻는다. 내가 있잖아! 모로가 단박에 벌떡 일어섰다.

그 뒤로, 여섯 친구들이 오네에 자리한 그 집에 들이닥치는 토요일 저녁마다 모로는 요리로 뛰어든다. 고등학교 남학생들에게 내재된 소화샘 ─ 은총이지만 또한 엄청난 소비량을 의미하기도 한다는 것, 정말이지 그 사실을 받아들여야만 한다 ─ 이 역시 자기 몫의 복합 탄수화물과 칼슘을 요구하니까.

당시 몇 해 동안, 오네의 6인은 〈수제〉 피자, 카르보나라 파스타, 에샬로트[13]를 넣은 통감자 버터 구이, 무스 오 쇼콜라, 크레프 쉬제트[14]를 연료 삼아 쌩쌩 돌아간다. 주말이나 방과 후에 모로네 놀러 와서 빈둥거리며 소파에 너부러져 있던 친구들이 깡통 ─ 콜라도 맥주도 담배꽁초도 들어 있지 않다 ─ 을 돌리며 저마다 3~4유로씩을 던져 넣을 때, 모로가 친구들에게 던지는 말. 애들아, 맛도 있고 싸잖아. 그러면

13 양파의 변종으로, 뿌리 부분이 굵은 쪽파처럼 생겼으며, 프랑스 요리에서 일상적으로 사용되는 재료이다.
14 얇게 부친 크레프 위에 오렌지 과즙과 리큐어인 그랑 마르니에로 만든 소스를 끼얹은 디저트.

아이들은 툴툴거리고 빈정거린다. 그러다가도 결국
에는, 크지는 않지만 별의별 소리를 목구멍에서 다
내가며 후다닥 먹어 치운다. 아주 배불리 잘 먹는다.

그러니만큼, 단짝 친구들과 이곳저곳 돌아다니기
전에 보급품을 조달할 책임은 모로에게 돌아간다. 잔
뜩 사들이고 장을 보는 일, 난 그게 늘 좋았어요. 어느 날
아침 모로를 따라서 포르트 드 바뇰레에 있는 대형
슈퍼마켓에 갔을 때, 5천 평방미터에 달하는 그곳의
지형도를 훤히 꿰고 있는 모로가 여러 진열대들 사이
로 카트를 밀고 가면서 내게 한 말이다. 매주 동네 슈
퍼의 같은 줄 같은 칸 앞으로 가서 같은 상품을 같은
양만큼 사 오는 사람들 — 나도 끼어 있는 — 과는 달
리, 모로는 슈퍼 안을 쏘다니고 헤집고 다니며 탐색
을 이어 간다. 그는 같은 품목의 식품이 무한대로 진
열되어 있어도, 동일한 크기의 시리얼 상자들이 잔뜩
쌓여 있어도, 버터 종류가 무수히 많아도 — 틀에 넣
어 굳힌 버터, 원추 모양의 덩어리 버터, 무가염 버터,
반(半)가염 버터, 소금 결정이 박힌 버터, 저지방 버
터, 쉬르제르산(産) 버터, 농가에서 직접 생산한 버

터, 일반 용기에 담긴 버터, 원통형 플라스틱 용기에 담긴 버터, 혹은 그저 알루미늄 호일이나 종이 호일 혹은 켈트 십자가 문양이 새겨진 포장지로 포장된 버터들 — 어리둥절해지는 것과는 거리가 멀다. 오히려 모로는 세세한 부분까지 취향대로 고를 수 있어서 기쁜 모양이다. 곧 그는 소스 진열대 앞에서 걸음을 늦추고 거기 진열되어 있는 스무여 개의 토마토소스들 가운데 하나를 골라내더니, 병을 돌려 가며 손가락 사이로 색상을 관찰하고 영양 성분표에 적힌 정보를 읽고 나서 — 나는 그가 하는 양을 지켜보면서 그가 입을 열기를 기다린다 — 내 쪽을 돌아보며 이렇게 말한다. 오늘 저녁은 새로운 걸 해봐야겠어요! 비스킷, 식용유, 쌀에 대해서도 척척박사인 그는 어떤 파스타를 만들 생각인지에 따라 어느 상표의 면이 나은지까지 말해 줄 수 있다. 볼로녜제라면 바릴라고, 아라비아타는 판자니다.[15] 모로가 열다섯 살 때, 단짝 친구들과 공동으로 빌린 아파트에서 일주일을 나려고 출

---

15 바릴라와 판자니는 프랑스에서 대중적인 인기를 누리는 파스타 면의 상표다.

발하기 전, 식단은 이미 짜놨는지를 물어봤다. 그가 고개를 끄덕거린다. 물론이죠. 식단이 없으면 엉망이 되니까요. 그리고 내가 좋아하는 것, 그건 뭔가를 구성해 보는 거예요.

식당들 / 투르느도 로시니

투르느도 로시니 얇게 썬 푸아 그라를 비프 스테이크 위에 올려 내는 프랑스 요리.

모로는 2004년 여름에 접어들 무렵, 레 쟁발리드 근처의 브라스리[1] 라 구름에서 처음으로 식당 일을 시작한다. 식당 주인과 친분이 있는 아버지가 주선한, 월급 1천 유로짜리 여름 한 철 일자리. 사치스러운 실내, 음식이 훌륭하다는 안정적인 평판, 꼭두서니 빛깔의 몰레스킨을 씌운 좌석, 길쭉한 거울. 대형 턱받이처럼 커다란 흰색 냅킨을 목둘레에 두르고 있어서 가끔 옷차림새가 잘 보이지 않을 때도 있지만, 진회색 양복을 걸치고 어두운 색깔의 넥타이를 맨 입맛 까다로운 배불뚝이 고객들. 따라서 여자 손님의 희귀성 — 가끔 식당 구석에 앉아 펼쳐 든 추리 소설

1 주류와 간단한 식사를 판매하는 음식점.

뒤에 웅크리고 있는 내가 식당 안의 유일한 예외적 존재가 되는 일도 있다. 나는 모로의 동정을 살피고 있다. 모로가 부엌의 두 짝 미닫이문을 밀며 나타나기를 기다리지만 그는 코빼기도 보이지 않고, 식당 주인 혼자 쾌활한 얼굴로 인사와 농담을 건네며 몸소 식당 안을 누비고 다닌다.

라 구름에서 제시하는 메뉴는 우선 전통 요리 예술로 간주되는 미식 문화의 흐름 속에 놓여 있다. 전통적인 조리법, 풍성하게 담아 주는 음식, 좋은 식재료, 따라서 기발함은 거의 없고 예부터 이어져 내려오는 맛. 이 식당의 철학은 분명하다. 이곳에서는 요리사가 재료를 위해 움직이지 그 반대가 아니다. 이런 종류의 겸양은 계절 식재료의 입하(入荷)를 따름으로써 완벽하게 연마된다. 마찬가지로 이 브라스리를 찾는 손님들 또한 모험을 즐기는 부류라기보다는 단골들, 그러니까 위험을 무릅쓰려고 하지 않는 부류, 잘 알고 있거나 혹은 이미 알고 있는 무언가를 되찾고 싶어 하는 부류, 감각 기억 저장고 — 피스타치오를 넣은 토끼 고기 테린,[2] 오븐에서 일곱 시간 동안 익힌 양의 넓적다리, 할머니가 해주던 사과 타르트, 혹은 식사의 마무리로 가벼운 차에 적셔 먹는 계피 가루 살짝 뿌린 마들렌 — 를 되살리려고 이곳을 찾는 부류이다.

전통 식당인 라 구름은 최근까지도 정육사를 고용해서 조리실에 두고 있는 몇 안 남은 파리의 레스토랑들 가운데 하나이다. 매일 새벽 4시쯤 식당 주인이 룅지스에 들러 다양한 부위의 적색육과 백색육을 갖고 와서 정육사의 도마 위에 부려 놓으면, 정육사는 메뉴에 올라갈 요리에 맞게 그 자리에서 고기를 손질한다. 이러한 까다로움이 거둬들인 광고 효과. 이곳은 고기 맛이 좋아. 평판은 퍼져 나간다.

따라서 여름 동안, 모로는 프랑스의 부르주아 음식을 발견하게 된다. 열다섯 살에 성탄절을 맞아 이모네서 다 같이 식사를 하면서 처음으로 푸아 그라를 맛봤으며, 명절 식사를 위해 할아버지가 반찬 가게에 주문한 외프 앙 즐레[3]가 정교한 요리의 최고봉 — 무

2 파테(고기, 생선, 야채 등에 향신료를 넣어서 갈아 만드는 음식)를 도기에 담아 오븐에 구운 요리.

지갯빛이 돌며 식용 가능한 얇고 투명한 막, 은은한 색채 — 이라고 생각하던 이 젊은이로서는 전혀 다른 세상을.

콜드 파트 — 달리 말하자면 앙트레[4]로 제공되고 다시 데우지 않아도 되는 모든 것 — 에 배치된 모로는 가장 결정적인 장소인 채소와 과일을 저장해 두는 식료품 저장고를 담당하면서 채소와 과일에 대해 속속들이 알게 되어, 곧 토마토의 맛과 아스파라거스의 품질과 치커리의 아삭함을 육안으로 감별해 낼 수 있게 된다. 매일같이 모로는, 보호막이 되어 주고 제복 입은 군인처럼 만들어 주는 거칠고 투박한 흰색 앞치마를 두른 뒤 활동을 시작한다. 플레이팅은 간단하다. 유약을 발라 구운 도자기 그릇에 담는 파테를 제외하고, 토마토 샐러드, 올리브유 친 정어리 감자 샐러드, 처트니[5]를 곁들인 간 테린, 마요네즈를 곁들인

3 엉기게 곤 생선즙이나 육즙을 틀에 넣어 모양을 잡고 고기, 채소, 달걀 등의 다양한 속재료를 넣고 표면을 장식한 뒤 차게 식혀 먹는 전채 요리.

4 메인 요리 전에 제공되는 전식.

5 야채, 과일, 향신료 등이 들어간 새콤달콤한 소스로, 인도, 파키스탄 등에서 요리와 함께 곁들여 낸다.

삶은 달걀, 칵테일소스로 맛을 낸 아보카도와 새우 샐러드, 해물 샐러드를 직접 접시에 담는다. 혹은 썰어서 토스터에 구운 뒤 천 냅킨으로 감싼 캉파뉴 빵[6] 과, 면포로 돌돌 만 채로 끓는 물에 넣어 살짝 익혔다가 차게 식혀 놓은 그 유명한 푸아 그라를 함께 낸다.

모로는 라 구름에서 제법 잘 헤쳐 나간다. 그는 일이 마음에 든다. 주당 70시간에 달하는 노동 시간, 권위적인 분위기, 속도와 압박감 등 요리사로 살면서 겪게 되는 고달픈 측면들을 그곳에서는 전혀 알지 못했다고 말한다 — 하지만 모로가 어리보기는 아니다. 친구 아들인 자신은 아마도 특별 대우를 누렸으리라. 하지만 이 첫 보조 경험을 미래의 직업으로 전환시킬 생각은 아직 하지 않는다. 모로의 말을 들어 보면, 그는 영화관이나 자전거 판매점, 은행 창구에서 일했더라도 그만한 일솜씨를 보였으리라. 그는 그저 단짝 친구들과 캠핑을 떠나기 전에 돈을 조금 벌 기회를 잡았을 뿐이라고 말한다. 두툼하게 썬 푸아 그라 두 조각을 부서뜨리지 않고 접시 위에 겹쳐 놓고 그 위

6 호밀과 통밀 가루를 넣은 반죽을 발효시켜 만드는 프랑스의 시골 빵.

43

에 후추와 소금 각각을 두 손가락으로 집어서 똑같은 크기의 원추 모양으로 올리고 무화과 잼 한 숟갈로 방점을 찍기, 이 모든 일을 능숙하게 해치우면서 커다란 기쁨을 느꼈다지만 요리는 여전히 좋아하는 것일 뿐 그걸 직업으로 삼고 싶지는 않다고 말한다. 기술 계열 출신 견습생이라면 대부분 첫 계약 기간이 끝나 갈 무렵 자리를 잡으려고 애썼겠지만 모로는 휘파람을 불며 라 구름과 작별하고 묶어 뒀던 자전거를 떼어 낸다. 모로는 9월부터 경제학부의 대형 강의실로 가는 길에 다시 오르고, 그로부터 몇 주 뒤 에라스뮈스 프로그램을 활용해 1년 동안 머물게 될 리스본으로 떠나게 되면서 경제학부의 대형 강의실은 리스본 가톨릭 대학의 대형 강의실로 바뀐다.

두 번째 식당은 완전히 다른 경험이다. 두 번째 식당은 두 해 뒤, 2006년 여름에 모습을 드러낸다.

에라스뮈스 학기를 마치고 시작한 자발적 안식년이 끝나 갈 무렵, 모로는 외국에서의 체류를 끝내고 여행 — 베를린, 이탈리아, 베네수엘라 — 에서 돌아온다. 그는 친구가 9월까지 비워 두는 원룸 아파트를 빌려 13구에 자리 잡는다. 모로는 리스본에 남아 있는 미아와 사랑하는 사이가 되어 파격적 할인가로 나오는 비행기표를 구하느라 인터넷에 매달려 엄청난 시간을 보내지만, 그 가격마저도 만만치 않아서 땡처리 비행기표를 사기도 버겁다. 결국, 모로는 부모에게서 더 이상 돈을 타서 쓰지 않고 여름 한 철 일하기로 결심한다. 그는 즉시 식당 일을 구한다 — 여전히 대놓고 말하지는 않지만 이제 자신이 이 길로, 요리사의 길로 들어설 수도 있음을 감지한다. 모로는 무엇 때문에 갑자기 무급 인턴직에 지원서를 낼 생각을 한 걸까? 어느 날 저녁, 우연히 수영장에서 모로와 마주친 나는 그러지 말라고 모로를 설득하려 든다. 반드시 착용해야 하는 수영모를 챙기지 못한 모로가 자판기 투입구에 동전 열네 개를 하나씩 하나씩 밀어 넣고서도 총액을 맞추지 못하고 있을 때다 — 나머지 금액은 내가 채워 준다. 왜 돈도 못 받는 일을 기어이 하려고 하는 건데? 모로는 몸에 힘이 들어가고, 얼굴이 굳는다. 그 자신은 먼 미래를 내다보며, 공짜로 일해 줄 망정 훌륭한 식당에서 배우고 훈련을 받고 싶은 것이다. 관심은 고맙지만, 제가 아무 생각 없이 뭘 하지는 않아요.

몽마르트르 언덕 뒤편, 라마르크가에 있는 레스토랑 메르베이는 조용하고 보수적이며 사치스러운 분위기에 미슐랭 별을 받은 그런 훌륭한 식당이다. 파리의 북쪽 지역에 있는 최상급 식당. 60명을 받을 수 있는 홀, 목재 인테리어, 끈으로 묶어 놓은 천 커튼, 친츠 천을 씌운 의자, 바닥까지 끌리는 묵직한 테이블보가 덮인 원형 식탁, 새하얀 천 냅킨, 문양을 새겨 넣은 유리컵, 은제 식기. 접시에 담아내는 음식은 깔끔하고 공들인 것. 모로는 처음 보는 이런 정치함을 요리에서 배운다. 중압감을 느껴 가며.

초기에, 청년 모로에게는 놀라운 일의 연속이다. 처음으로, 숙련을 향한 열정, 우월함을 향한 말 없는 긴장, 집단 작업을 완전무결하게 조직해 내고 위계질서가 잘 돌아가게 만들고 미시 권력 및 경쟁심을 복합적으로 쌓아 올려 서로 북돋는 동시에 견제하게 만들고 직원들이 스스로를 초극하게 부추길 수 있는 긴장, 시스템이 돌아가게 하는 긴장과 조우한다.

　무엇보다도 모로는 다른 세계로 들어간다. 이 세계는 두 짝 여닫이문이 나 있는 벽에 의해 둘로 나뉜 세계다. 상반된 두 개의 구역으로 쪼개진다. 길 쪽에 면한 홀과 뒤쪽의 부엌. 첫 번째 공간은 극장, 시선에 노출되는 공연 장소다. 넓고 조명이 환하며 평화롭다. 단박에 놀라움을 안겨 주는 것, 그것은 그 끝없는 술렁거림, 감각과 시선과 의도로 팽배한 조용함이다. 그곳에서는 속삭임과 유리잔이 부딪히고 냅킨이 스치는 소리와 안락의자 등받이에 씌운 커버가 바스락거리는 소리가 들려오고, 꽃다발에서 풍기는 그윽한 향기와, 하이힐과 가죽 창을 댄 구두가 파묻힐 정도인 양탄자의 푹신함이 느껴진다. 그곳에서는 플레이팅의 마무리 과정을, 도자기 접시 위에 점점이 떨군 발사믹 식초로 점선을 그리고 붉은 사탕무 칩을 꽃잎처럼 겹쳐 장미꽃송이를 만들어 놓는 그런 정교한 그림을 생각해 낸다. 섬세한 그릇에 담겨 나오며 입안에서 녹거나 파삭 부서지는 아기자기한 아뮈즈부슈[7]를, 다

7 식전에 마시는 술과 함께 나오는 한입거리 음식.

47

양한 색채가 홀치기염색처럼 정교하게 번진 베린[8]을, 피튜니아 꽃잎들로 장식된 차가운 굴들을 생각해 낸다. 그곳에서는 입천장에 부딪히며 서서히 번져 가는 포도주의 향미를, 차츰차츰 온몸을 일깨우며 지속적이고 관능적인 실재를 만들어 냄에 따라 온몸이 풀어지게 하는 포도주의 맛을 찾아낸다. 그늘은 거리낌없이 특권을 누리고 노골적으로 쾌락에 잠겨 즐기고 미소 짓는 사람들 얼굴로만 한정하고, 내밀하고 분홍빛이 감도는 조명으로 은은하게 불 밝힌 실내를 형상화해 낸다. 동시에 덜컹거리는 이중문의 저편에서는 반대 법칙이 지배하는 무대 뒤 공간이, 제2의 구역이 펼쳐진다.

  침묵의 소요, 꽉 찬 고요의 소릿결은 그만. 이곳은 소음 구역이다. 가스레인지 불꽃이 일으키는 소리, 칼 가는 소리, 여기저기서 작동 중인 믹서의 윙윙거림, 끓고 있는 육수 표면에서 기포가 터지는 소리, 긁어대는 소리와 철제 용기 부딪는 소리. 이곳에서는 더

8 작은 유리 용기에 담아 내는 가볍고 양이 적은 음식으로, 차게 먹으며, 앙트레나 디저트로 낸다.

이상 시간이 감각의 층위에서 부드럽게 흘러가지 않고 분 단위로, 요리 시간과 플레이팅 시간으로 나뉘며, 주문을 알리는 목소리와 음식이 나왔음을 알리는 벨 소리로 갈린다. 마찬가지로 이곳에서 공간은 분할되고 구획되며, 각자 일정 구역 안에서만 움직여 맡은 일을 수행하며, 일련의 행위들이 정밀하게 세분된 채 복종과 규율과 명령 실행을 통해 이루어진다. 분대 단위로 움직이는 군사 조직인 것이다.

모로는 환상에서 깨어난다. 이곳에서 그는 쓰레기 취급을 당한다. 그에게 욕설을 퍼붓고 못살게 군다. 늘 등 뒤에서 감시당하고 목덜미가 뻣뻣하고 귓속이 울리는 느낌. 이곳에서 듣게 되는 말은 전부 빠르게 내뱉는 명령들, 고개를 끄덕이며 동의하는 것만을 유일한 대답으로 허용하는 명령들의 응축물일 뿐임을 확인하기. 게다가 그에게 대단한 것을 보여 주는 것도 아니다. 적응하는 것도 그의 몫. 관찰하고 이해하는 것도 그의 몫. 전체의 리듬을 늦추지 않고 자신의 미숙함과 부족함 때문에 조리 팀 전체에 부담이 가지 않게 배우는 것도 그의 몫. 네가 알아서 하고 일이나

해. 모로가 공짜로 일을 해주고 있는 만큼 더더욱 받아들이기 어려운 상황. 모로의 말에 따르자면, 계약 조건이 지켜지지 않는다.

어느 날 아침, 한창 서비스 중에 모로는 금속 도구를 얼굴 한복판에 맞는다 — 감자를 동글동글하게 파낼 때 사용하는 도구인데, 모로가 직경을 제대로 맞춰 놓지 않았다는 이유였다. 모로는 갑작스러운 충격에 비명을 지른다. 비틀거린다. 코피가 흐른다. 모로는 주위를 한번 둘러본다. 각자 침묵 속에서 제 할 일을 하고 있을 뿐, 그 누구도 눈길을 마주쳐 오지 않는다. 셰프는 자기 자리에서 꿈쩍도 않고, 꾀부리지 말고 자신이 지시한 대로 얼른 다시 하라고 소리를 지른다. 그게 그렇게 어려운 일은 아니잖나. 모로는 주먹을 푼다. 들고 있던 도구 — 감자 칼 — 를 내려놓는다. 손등으로 코밑을 닦는다. 손바닥을 앞치마 가슴팍에 문지른다. 그러고는 자기 칼들을 거둬들인 후 천천히 공들여 물로 씻고 케이스에 정리한다. 조리복 상의 단추를 푼다. 그러자 비로소 주위의 몇몇 동료들이 작업 속도를 늦추며 흘끔흘끔 곁눈질을 한다.

그러면서도 끽소리 한 번 내지 않고 중단 없이 일을
한다. 이제 모로는 여전히 침착하게 요리 도구가 담
긴 자신의 케이스를 들고 부엌을 가로질러서 출구로
향한다. 모로가 셰프 앞을 지나가지만 셰프는 등을
돌리고는 아무것도 보지 못했고 아무것도 보이지 않
는다는 듯이 하던 일을 계속한다. 모로가 조리실을
떠나는 순간 한 손이 작업대에 끌리는 바람에 커다란
스테인리스 양푼이 바닥에 떨어졌다 되튀어 오르고,
와장창 소리를 남기고 떠나는 모로의 등 뒤로 문이 거
세게 닫힌다 — 나는 모로가 이런 식으로 식사 자리
를, 교실을, 영화관을, 심지어 연인을 떠나가는 모습
을 이미 보았더랬다. 그건 그를 꼭 닮은 떠나감이어
서, 조용하고 단호하다. 마치 그 무엇도 모로가 끝내
겠다는 결심을 한 이상 그를 어딘가에 붙잡아 매어
둘 수는 없다는 듯이. 그 무엇도 말이다. 그 일이 있
고 나서, 모로는 크리스마스이브에 18인분의 칠리 콘
카르네[9]를 준비하면서 내게 이런 속내를 들려준다.
3주를 버텼는데, 사실 그만하면 제법 버틴 거죠. 난 이미

9 다진 소고기에 강낭콩, 칠리 파우더를 넣고 끓인 매운 스튜.

나이가 너무 많거든요. 기술 계열 교육 대신 다른 경험을 쌓았으니 튀는 존재였죠. 다른 견습생들은 저보다 어린 열일곱이나 열여덟 살 정도라, 훨씬 더 다루기 쉽고 상대방에게 더 쉽게 휘둘리죠.

밖에 나오니 햇살이 강렬하게 내리꽂힌다. 눈이 부신 모로는 두 눈을 깜박인다. 잠금장치를 풀고 자전거에 올라 콜랭쿠르가를 내달린다. 페달을 한 번도 밟지 않고 그대로 달려 클리시 광장에 도착하자, 맨 처음 눈에 띄는 카페테라스에 자리 잡고, 햄 버터 샌드위치와 파나셰[10] 한 잔을 주문한다. 이제는 해방되어, 미소를 짓고, 음미한다.

여름이 한창이라서 파리는 관광객들로 붐빈다. 레스토랑, 바, 카페에서는 일손을 구한다. 프랑스 수도의 음식점들은 발작적으로 신규 인력을 채용한다. 일주일 뒤, 모로는 몽트뢰유에 있는 브라스리, 레 볼티죄르에서 주방 보조로 계약서를 쓰고 다시 일하게 된다. 이것이 그의 첫 번째 계약서, 최저 임금이 보장된 최초의 정규직 계약서다 — 네가 요식업계에서 일하는

10 맥주와 레모네이드를 섞은 혼합주.

한 늘 정규직일 거다. 떠나는 건 늘 요리사야. 주인이 해고하는 법은 절대 없지. 일손이 너무 부족하거든! 모로는 막 정원에서 따 온 딸기가 담긴 그릇을 내려다보며 눈살을 찌푸린다. 앞으로도 계속 최저 임금일 거야. 네가 하는 그쪽 일에서는 주당 70~80시간 노동이 다반사거든. 월말에 희한한 봉급을 받게 되지.

　　레스토랑은 넓다. 수용 인원은 60명에서 70명 정도다. 낮 타임에 2회전, 저녁 타임에 2회전으로 운영되며 주방 팀은 4인으로 구성된다 — 이 일은 운동 경기 같아요. 모로는 내게 피스타치오가 담긴 그릇을 건넨다. 최고급 레스토랑은 아니지만 재료들은 신선하고 분위기도 좋아서 청년 모로는 그곳에서 일하는 사람들과 마음이 잘 맞는다. 그곳 사람들은 힘든 일에도 끄떡없는 아리에주 출신으로, 요리는 형제가 담당하고 홀은 서로 자매 관계인 그들의 배우자들이 담당한다. 키도 몸집도 엇비슷한 형제는 둘 다 머리를 박박 밀었고 어깨가 솟았으며 미소가 자연스럽다. 입심이 대단한 자매는 다감하며 빠릿빠릿하고, 튼튼한 몸집에 사각턱, 걸걸한 목소리를 자랑한다.

레 볼티죄르에서 모로는 엄청난 노동에, 정신없는 리듬에 부딪히고 만다. 막 플레이팅해서 내보낸 접시들이 잇달아 순식간에 사라지는 피크 타임을 견디는 법을 배운다. 모로는 지구력을 키운다. 자신의 한계를 넘어서며 이 일에서 저 일로 잽싸게 옮겨 다니고 여러 가지 일을 한꺼번에 해치우게 된다. 여주인들은 모로를 식구처럼 챙기고 경쟁적으로 잘해 주려고 들어서, 모로에게 튼튼해지라고 단백질을 듬뿍 섭취할 수 있는 산딸기즙으로 맛을 낸 송아지 간 요리나 파스텔 색조의 수제 소르베[11]를 따로 챙겨 주지만, 모로는 그 어떤 것에도 손을 대지 못한다. 그럴 틈 없어요. 시간 없어요. 혹은 평소처럼 작업대 모서리에 선 채 맛을 본다. 또한 모로가 데거나 베이면 서로 앞 다퉈 상처를 봐주려고 들며, 뜨락에 나란히 서서 모로가 구멍 난 자전거 타이어를 때우는 모습을 지켜보다가 적절한 때에 접착 고무를 준비해서 넘겨준다. 모로는 이들을 아주 좋아한다.

11 과즙에 물, 우유, 크림, 설탕 등을 넣고, 아이스크림 모양으로 얼린 빙과.

곧 모로는 하루 종일 레스토랑에서 시간을 보내게
되고, 주인들이 낮잠을 자는 시간이면 자신도 햇볕
쬐는 고양이처럼 뒤뜰 벤치에 누워 잠이 들고 말든가,
그보다 형편이 좋은 경우에는 무료 통화 시간을 넘기
면서까지 미아와 조금이나마 통화할 기회를 갖는다
— 미아는 열두 번 걸면 한 번쯤 받는데, 미아 역시
근무 중이어서 그와 다정한 말을 나누기가 힘들다.
사실 모로가 휴식 시간을 더 적극 활용하지 않는다면,
그건 움직이기에는 이미 너무 지쳐 있어서거나, 그보
다는 저녁 서비스가 다시 시작되기 전에 피곤이 더
심해질까 봐 걱정되어서이다. 그는 자전거를 타고 오
가느라 휴식 시간을 잡아먹는 것은 솔직히 좋은 전략
은 아니라는 생각이다. 그러니 친구 — 예를 들면 나
— 와 한잔하러 카페테라스로 가거나 냉방이 잘된 영
화관에서 영화를 보거나 수영장에서 수영을 하거나
배를 타고 한 바퀴 도는 등, 뭔가를 시도해 본다는 것
이 쉽지 않다.

여름이 흘러가는 동안 모로는 레 볼티죄르에서 밤
늦은 시간까지도 머물게 된다. 영업이 끝난 뒤에도

종종 염치없는 사람들이 주인인 자매의 식사 자리에
끼어들면서 밤 근무 시간이 늘어난 것이다. 모로는
그 사람들이 그런 시각에 이곳에 온 것은 여기에서
뭔가 먹을 것을, 가능하다면 제대로 된 음식을 내주
리라는 걸 뻔히 알기 때문이면서도, 저녁 식사를 내
오면 몸을 꼬아 대며 사양하는 척하며 위선적인 표정
을 짓는 것이 몹시 괘씸하다. 더군다나 15분이나 들
여서 가스레인지 청소를 막 마치고 난 뒤에, 화구에
다시 불을 붙이고 냄비와 프라이팬을 다시 꺼내어 특
제 오믈렛을 만드는 사람은 바로 모로 자신이다 —
버섯 퓌레[12]를 조금 넣어 줘. 그러죠. 그냥 보낼 수는
없잖니, 안 그래? 종종 새벽 2시까지도 술잔을 거푸
비우며 농담과 재미있는 이야기를 주고받는다. 자매
의 웃음은 밤이 깊어 갈수록 점점 잦아진다.

8월 중순쯤의 어느 일요일, 나는 모로와 뱅센 숲에
서 만나기로 약속한다. 우리는 선착장 근처의 호숫가
에서 만나, 사과나무가 드리워 준 선선한 그늘 아래
자리 잡고 앉아서 배를 기다린다. 전날 새벽 3시에 잠

12 육류나 야채를 갈아서 체에 거른 요리 재료.

자리에 든 모로는 눈 밑에 꺼멓게 그늘이 졌고 몸은 마라톤 선수처럼 바싹 말랐다. 그는 천천히 피스타치오 아이스크림을 핥는다. 나중에 우리가 탈 쪽배가 요란스러운 색채를 자랑하며 경쾌한 모습을 드러내지만 내 친구 모로는 이미 잠이 들었다. 나는 오후가 저물도록 모로 곁에서 책을 읽으며 모로의 티셔츠 위에서 자꾸 맴도는 벌들을 쫓는다.

레 볼티죄르에서 여름 한 철을 보낸 모로는 주머니를 두둑이 불린 대신 몸무게를 3킬로그램 잃는다. 모로는 개학이 다가오자 아리에주 출신의 두 여성에게 그만두겠다고 통고한다. 두 눈이 휘둥그레지고 입이 쩍 벌어진 자매는 이해가 안 된다. 레 볼티죄르, 여기에 온 이상, 모로는 이 일을 계속할 것이고 이제 자신이 **자리 잡게 된** 직업 세계로 진입할 것이라는 이야기가 아닌가. 자매는 배신당했다고 느낀다. 아니, 얘가 배은망덕한 애네! 모로가 이 이야기를 해주려고 저녁에 내게 전화를 걸어온다. 모로가 살짝 들뜨고 생기가 도는 상태임이 느껴진다. 모로가 감옥살이는, 염병, 더는 못 하겠다고, 자신은 나가떨어졌고, 아침

7시부터 새벽 2시까지 일주일 내내 일하는 가족 기업들, 이건 자기 관심사가 아니라고 말하는 건 처음 듣는다. 그런 직장은 지나치게 감정적이에요. 난 그 사람들 자식도 아니고 그들과는 다르다고요. 내겐 내 생활이 있고, 내가 원하는 것, 그건 분명히 정해진 일, 정확한 시간표, 그리고 봉급이란 말예요.

2006년 9월. 모로는 자매의 볼에 작별의 키스를 날리고, 자매는 양쪽 허리춤에 두 주먹을 갖다 대고 그를 놀리며 웃어 댄다. 다른 곳에 가봐. 거기 풀은 더 파란지. 그러고 얼른 다시 돌아와라. 여기가 네가 있을 곳이라고! 자매의 뻣뻣함이 가신 것은 모로가 자신의 선택에 대해 알려 주고 나서이다. 에라스뮈스 프로그램 이후 가졌던 1년의 안식년을 끝내고, 이제 다시 학교로 돌아가서 경제 및 사회 개발 연구원 석사 과정에 등록하려고 한다. 심지어 자매는 강한 인상을 받았는지 고개를 주억거린다. 위압적이고 해독 불가능한 대학이라는 세계가 어쨌든 다른 레스토랑에 간다는 것보다는 받아들이기가 덜 어렵다.

모로의 결정은 주변 사람들도 놀라게 한다. 모로의 생각을 쫓아가는 것이 불가능해지기 시작한다. 걔는 대체 뭘 하려는 걸까? 석사 과정이야, 아니면 요리야? 청년 모로의 설명은 이렇다. 여러 개의 철을 동시에 달구려고, 중국 곡예사처럼 여러 개의 접시를 동시에 돌려서 만약 접시 하나가 땅에 떨어져 깨어지더라도 뭔가 계속 돌고 있게 하려고 다시 대학으로 돌아가는 거라고. 모로는 이미 독특한 프로필을 더 가꾸고 싶은가 보다. 모로 자신도 자신의 프로필이 이채로움과 생각의 폭, 사고의 열림이라는 특색을 부여하고 있다고 느낀다. 그가 선뜻 좀 더 기다리겠다고 마음먹은 것도 어떤 점에서는 그 자신이 이미 파악했듯이 요식업계에서는 직원 교체 속도가 빠르기 때문이다. 그는 이 빠른 흐름을 믿는다. 모로는 틈새 시간에 돈도 조금 벌 수 있을 것이라고 생각한다 ── 그가 지금 원하는 것, 그것은 10월에 미아를 보러 리스본으로 날아가, 그녀를 품에 안고 그 머리카락에서 풍기는 향기를 맡는 것이다.

안 그래도 10구에 있는 또 다른 레스토랑에서 일해 달라는 제의가 온다. 모로는 셰프를 만나러 간다. 이번에도 역시 셰프가 식당 주인이다. 그런데 임시직을 찾는 것이 아니라 정규직을 찾는단다. 레 볼티죄르에 서의 노동 템포가 모로의 낮 시간 전부와 밤 시간의 3분의 2를 볼모로 잡았던 것에 비하여, 이곳에서 일러 주는 템포라면 다른 활동도 함께 할 수 있을 것 같다. 2006년 가을, 모로는 계약서에 서명하고 — 또 다시 최저 시급의 정규직이다 — 삶이 다시 급하게 흘러간다.

르 비용은 레 프티샹가에 위치한 작은 비스트로[13]로, 음식이 맛깔스럽다. 앙트레-메인-디저트로 구성되는 한 끼가 35유로이고, 기본적이지만 공들인 음식들을 낸다. 점심때 20인분 저녁때 40인분을 내는 대신 1회전만 돌리며, 모로까지 쳐서 두 명의 요리사와 잡다한 일을 도맡는 설거지 담당 한 명이 그 모든 일을 감당한다. 셰프는 침착한 성격에, 검은 머리카락이 목덜미까지 수북하니 덮고 있고, 얼굴은 길고 뾰족하며

13 포도주와 간단한 식사를 판매하는 주점 겸 식당.

눈썹 뼈 밑에 깊숙이 자리 잡은 두 눈은 짙은 푸른색이다. 모로는 곧, 셰프의 신중하면서도 강렬한 면이 마음에 든다. 모로는 흥분하여, 드디어 인간적으로 돌아가는 레스토랑을 가까이서 볼 수 있게 됐다고 생각한다. 몽트뢰유의 브라스리에서 고된 육체적 경험을 하고 난 뒤라, 초기에는 이 모든 것이 상당히 **라이트하다고** 생각한다. 물론 초기에만. 10월부터 박사 준비 과정 강의들이 시간표 속으로 들어오는 바람에, 매일매일이 긴박해지고 잘게 나뉘고 미친 듯이 돌아가게 된다. 도시를 누비고 다니려면 공기처럼 가볍고 빠른 자전거로, 뭔가 가벼운 종류로 자전거를 바꾸는 일이 시급하다. 모로는 덜컥 픽시 자전거를 사고, 바퀴에 공기를 잔뜩 넣고, 매일 아침 페르라셰즈[14]를 향해 라로케트가를 달려간다. 화요일부터 토요일까지 그의 하루는 이렇게 흘러간다. 8시~10시: 바놀레가에서 박사 준비 과정, 대형 강의. 10시~14시: 르 비용. 15시 ~17시: 노장쉬르마른에서 박사 준비 과정, 지도 학습. 19시~23시 30분: 르 비용.

14 파리에서 가장 큰 공동묘지로, 관광지로도 유명하다.

그러니 버텨야 한다. 리듬을 유지하고, 하루하루를 버텨 내야 한다. 흐트러지면 안 된다. 그러자니 버리는 시간이라곤 없는 생활을 받아들인다. 〈17시~19시〉, 이 두 시간 말고는 숨 돌릴 새도 없는데, 모로는 그 시간도 르 샤토도가에 위치한 카페의 조용한 뒤쪽 홀에 자리 잡고서, 레몬 조각을 띄운 페리에 한 잔을 주문한 뒤 책을 읽는 데 쓴다.

그가 자전거를 타고 오가는 길은 서로 다른 두 세계를 잇는 통로가 되고, 그동안 모로는 하루가 어떻게 펼쳐질지를 미리 그려 보고 해야 할 일들을 정리한다 — 모로는 르 비용을 향해 달려가면서, 전날 오지 않은 식재료 공급상에게 전화를 하고, 전구를 갈고, 카르파초 드 푸아르 라멜레 드 로크포르[15]를 만들어 봐야 한다는 생각을 한다. 노장이나 바뇰레가를 향해 달려가면서는 해야 할 일의 목록을 만든다. 도서관에 가서 이런 책을 빌리고, 이런 발표에서 이런 구상을 전개하고, 무슨 일이 있어도 그 교수를 만나

15 얇게 썬 배를 버터에 익힌 뒤 녹인 로크포르 치즈 소스를 끼얹은 디저트.

야 한다. 녹초가 되기는커녕, 행위 속에 갇히고 사로
잡힌 듯 줄곧 행위 중이며 자신은 늘 할 일이 있고 변
해 가는 과정 중에 놓인 사람이라는 생각에, 이런 시
간들과 이런 나날들로부터 구체적 행위와 성취가 비
롯된다는 생각에, 매일매일 더욱더 활기를 띠어 간
다. 이건 일종의 도취다. 모로는 자신의 삶이, 사회적
측면과 감정적 측면 모두에서 메말라 간다는 것을 거
의 알아차리지 못한다 — 여섯 명의 단짝 친구들, 가
족과 함께하는 삶, 축제, 영화, 독서, 가벼운 여행, 뿐
만 아니라 미아도. 하루하루 흐릿해져 가는 미아의
얼굴. 시간은 없고 할 일은 너무 많아 리스본으로 보
러 간다는 약속을 지키지 못했고, 미아가 그를 보러
깜짝 방문했을 때는 아침에 잠든 모습을 보고 나갔다
가 한밤중에 돌아와 다시 만났지만, 너무나 피곤해서
그녀가 기대하던 몸짓들을 아낌없이 베풀 수가 없었
고, 결국 너무나 피곤해서 그녀를 안을 수도 없었으
며, 겨우 오후 한나절을 짜내 그녀와 함께 동네 구석
구석을 돌아다닐 때도 르 비용이 그들 역사의 진원지
라도 된다는 듯 그 레스토랑으로부터 결코 멀어지지

않았다. 어느 날, 미아는 예정보다 일찍 리스본으로
돌아가면서 침대 위에 한마디 말을 남겼을 뿐이다.
단 한마디 말을. 오직 한마디. 됐어.

4

구타

어느 날 저녁, 르 비용에서의 계약 기간이 끝나고 난 뒤 한 달이나 두 달이 흘렀을까 싶을 때, 모로가 여전히 숙소로 사용하는 13구의 예의 그 원룸 아파트에서 우리는 함께 텔레비전을 본다 — 최소한의 가구만 놓여 있어서 모로가 정말 이곳에 자리 잡고 산다는 느낌은 없다. 텔레비전에서는 「톱 셰프」가 나오고 있다. 이와 엇비슷한 다른 리얼리티 프로그램들이 시청자 수를 계속 불려 나가는 것과 마찬가지로 이 프로그램도 대단한 성공을 거두고 있다. 현대 사회에서 요리사는 이제 주요 인사가, 자기만의 비밀 동굴로부터 요리를 내보내던 비밀스럽고 까다로운 인물과는 거리가 먼 미디어가 만들어 낸 스타가 되었다. 그리고 주방은 텔레비전 스튜디오로 바뀌었다. 모로는 비슷비슷한 프로그램들을 주워섬기고 ─「마스터 셰프」, 「예, 셰프!」, 「거의 완전무결한 저녁 식사」, 「이 세상 최고의 파티시에」 ─ 나는 그 수를 세어 보며 놀란다. 내 친구 모로는 어깨를 으쓱한다. 보다시피 사람들은 음식 얘기는 하지만 나머지에 대해서는, 그러니까 이 세계에서 잘못 돌아가는 것에 대해서는 아무런 말도 하지 않아요. 사람들이 불안해할 때만큼 맛있는 음식을 즐기려는 욕구가 커지는 때도 없죠. 덕분에 안도감을 느끼고, 한데 어울리고, 육신을 일깨우고, 쾌락을 누리니까요. 거기엔 나눔이 있고 볼거리가 있고 진솔함이 있거든요. 모로는 어두운 표정으로 덧붙인다. 그리고 경쟁과 규율과 극기의 미덕도요. 현장에서는 모두가 정신을 바짝 차리고 평정심을 유지해야 하니까요. 화면에서는 고립된 섬처럼 수많은 작업대가 놓인 거대한 부엌에서 지원자들이 팔짱을 낀 채 한 줄로 서서, 경합이 불러일으킨 흥분에 들뜬 사회자의 목소리가 한 번 더 알려 주는 준수 사항에 귀를 기울이고 있다. 비둘기를 주재료로 삼아 요리를 만들어 내야 한다. 시작 신호가 떨어지자 지원자들은 얼이 빠진 모습으로 각자의 작업대로 달려가나, 일의 순서를 정하지 못하고 갈팡질팡하다가 차츰 안정을 되찾으며 작업에 들어간다. 시간이 흐를수록 중압감이 상승한다.

저걸 보고 싶은 건 맞니? 내가 놀라서 묻는다. 모로는 젊은이들이 이제 재료의 껍질을 벗기고 자르고 데쳐 내는 모습을 비춰 주고 있는 화면에 눈길을 준 채아무런 대꾸가 없다. 스테인리스 조리 도구들이 조명아래에서 번쩍이고, 붓으로 니스 칠을 해놓은 것 같은식재료들도, 그리고 앞치마를 두른 모습이 찬란하거나 꽉 끼는 흰색 조리복 상의가 눈부신 젊은 셰프들도마찬가지이다. 카메라는 그들의 동작을, 그들의 섬세한 손놀림을, 인도의 여신처럼 갑자기 손이 수십 개로늘어나기라도 한 듯 비둘기를 토막 치는 동시에 타르트 틀에 버터를 바르는 손들을 한참 보여 준다. 지원자들의 얼굴 위로 땀방울이 흘러내리는데 스톱워치는 돌아가고, 진행자는 유명 셰프와 대화를 나누며 지원자들에 대해, 그처럼 노동을 마다 않고 스스로를 넘어서는 영웅적인 태도에 대해 함께 평가를 해댄다. 그들의 이가 반짝인다. 갑자기 모로가 일어서더니 신랄

69

하게 쏟아붙인다. 요리의 세계는 정말이지 저렇게 미소 짓는 세계가 아니에요. 그렇게 다감한 세계는 아니죠, 아시겠지만 ── 모로는 치가 떨리는 모양이다.

폭력, 그건 요리계의 해묵은 악습이다. 구타, 물건이나 조리 도구 투척, 화상, 욕설. 혼잡한 공간에서 서로 닿다 보면 상대방을 밀어내고, 몰아내고, 더는 옆 사람의 팔꿈치를 참아 주지 못하고 ── 꺼져! ── 자신의 자리를, 자신의 세력권을 물리적으로 지켜 내게 된다. 마찬가지로 갖가지 주방 가전과 도구들을 놓고도 다투게 된다. 주방에서는 온갖 이야기들이 흘러나오기 마련이다. 보조 하나가 아무 일도 안 하고 있다가 걸려서 귀싸대기를 맞았는데, 알고 보니 냄비에 물을 받는 중이었다나. 또 어떤 이는 얼굴 한복판에 접시가 날아왔는데, 등심을 너무 익혔기 때문이란다. 또 어떤 이는 달구어진 숟가락인지 칼인지를 팔뚝에 맞고 화상을 입었는데, 뵈르 블랑 소스[1]를 망쳐서였다. 그리고 또, 신입들 골탕 먹이기도 있다. 모욕 주

1 화이트 와인, 식초, 다진 에샬로트, 크림, 버터 등을 졸인 뒤 체에 걸러내어 만드는 소스.

기. 고약한 환영식 ─ 내가 아는 어떤 견습생은 자신이 맡은 음식들의 플레이팅을 미리 시작하려고 두 시간 더 먼저 일어나 다른 모든 사람들보다 앞질러 일을 시작했다가, 멋대로 속임수를 써서 자신의 권위에 도전했다고 화가 난 셰프가 테이블 위를 싹 쓸어 버리는 바람에 기껏 준비했던 접시들이 전부 다 바닥에 떨어지는 봉변을 당하기도 했다. 그런데 가장 폭력적인 것은 결국 요리사들 스스로가 그러한 폭력을 직업의 법칙, 복종해야 할 명령, 입문 의식처럼 거쳐 가야 하는 시기로 생각하는 것이다. 그들은 그것이 찬양할 만한 전통인 양, 심지어 하나의 교육법인 양 얘기한다. 요리사가 되기 위해서는 조금 다치는 정도는 감수할 줄 알아야 한다. 이 길로 접어든 사람들은 이미 알고서 들어온 것이다. 그들은 고통스러워도 견뎌 내고 단단해지겠다는, 병약하고 허약하고 주저하며 말을 듣지 않는 사람들은 제거되기 마련이라는 자연 도태설에 동조한다는 암묵적인 승낙을 한 것이다.

물론, 이러한 폭력 문화는 주방에 존재하는 연대감에 대한 담론과 짝을 이룬다. 가족 같은 면이 있기는 해요. 모로는 이런 말을 흘리면서도, 분주히 움직이며 지금 당장으로서는 그다지 우애의 감정을 품고 있지 않은 화면 속의 지원자들에게서 눈을 떼지 못한다. 나는 미소를 지었다. 모로, 설마 가족 얘기로 한 방 먹이려는 건 아니지? 나는 모로가 얼굴 한복판에 금속제 도구를 맞고 나서 르 메르베이를 떠나갈 때, 그의 동료들 중 단 한 명도 입도 뻥긋하지 않았음을 떠올리게 해주고 싶었나 보다. 하지만 모로는 동의하지 않는다. 장담하는데, 셰프들 스스로도 말하듯이, 그들은 자기들이 데리고 있는 〈젊은 애들〉에 대해 종종 책임을 느낀답니다. 그래서 그들을 돌보고, 신경 쓰고, 줄곧 지켜보지요. 곤란한 지경에 처하면 대체로 셰프들이 함께해 줘요.

그러면서도 모로는 다른 유형의 폭력, 은근하고 심리적인 폭력에 대한 얘기를 꺼낸다. 이는 엄격함이 전횡이, 강박이 될 때 발생한다. 주방에서 작용하는 압박의 대상이 되는 사람들 스스로가 그 역기능을 촉발하고, 때로 앞서 나가며 그것을 증폭시킴으로써 압박이 확산되고 힘을 얻게 되면 발생한다. 그런 게 바로 압력에 의한 관리인데, 그 시스템 내에서는 경쟁심이 작용하여 각자 정도를 넘어서게 되고 만다. 예를 들자면, 이런 거죠. 요구받은 대로 8시까지 일터에 갔는데, 다른 사람들은 전부 7시부터 나와서 고되게 일하고 있다는 걸 알았어요. 그러면 다음 날, 어떻게 할래요? 마찬가지로 7시까지 가게 될걸요. 어쨌든 한 가지 사실은 분명히 밝힌다. 모로가 내 눈을 똑바로 바라보면서 말한다. 저는 지시 사항이나 명령을 받고서 〈예, 셰프!〉라고 대답했던 적은 결코 없어요. 결코 — 파리에 있는 어떤 대형 호텔의 최고급 요리에 관한 다큐멘터리가 생각난다. 그 영화의 사운드 트랙이야말로 군사 학교의 훈련장에서, 예를 들자면 제복 차림의 청년들이 마주한 상급자가 명령을 내릴 때마다 〈예스, 서!〉라고 소리쳐 대는 웨스트포인트[2]에서 녹음했어도 됐을 법했다.

모로가 일어나서 텔레비전을 끄려는 순간 화면에서는 카운트다운이 시작되었다 — 우리는 그날 저녁 누가 이번 시즌의 최고 셰프인지, 누가 10만 유로와 미슐랭 별을 단 식당의 셰프들이 단체로 보내는 축복을 거머쥐게 될지 알지 못하고 만다. 모로는 나를 향

2 미국 뉴욕주 웨스트포인트에 소재한 육군 사관 학교.

해 돌아서더니 미동도 않는다. 그런데 이 직업의 가장 커다란 폭력은, 아시겠지만, 가장 커다란 폭력은 이런 것 같아요. 그러니까 요리는 우리가 자신을 위해 모든 것을 희생하기를, 우리 삶까지도 바치기를 원한다는 것.

〜 5 ♪

직업 자격증 / 전통식 블랑케트 드 보,
사바용 프랑부아즈

블랑케트 드 보 당근, 버섯, 셀러리 등의 야채를 넣고 푹 삶은 송아지 고기에 육수와 루(밀가루를 버터로 볶은 것), 생크림으로 만든 소스를 곁들이는 프랑스의 전통 요리.

사바용 프랑부아즈 〈사바용〉은 계란 노른자와 설탕, 화이트 와인을 섞은 재료를 중탕하여 만드는 소스로, 〈사바용 프랑부아즈〉는 그 위에 설탕과 레몬즙에 재어 놓은 나무딸기를 얹어 내는 디저트를 말한다.

세계 사회 포럼에 참가하기 위해 2006년 4월에 카라카스에 갔다가 돌아온 모로는 — 모로는 차베스에게서 그다지 깊은 인상을 받지 못한다[1] — 요리사 직업 자격증 시험을 보겠다는 결심이 섰음을 알린다. 주위에서는 이해를 못 하고 놀라움을 드러낸다. 별 희한한 생각을 다 하네! 아니, 대체 왜 직업 자격증을 따겠대? — 달리 말하자면, 공교육에서 밀려난 아이들, 육체노동자들, 기술자들, 대학 입학 자격시험 탈락자들이나 꼬이는 단기 과정 자격증을 왜 따려고 하는 건가? 오랜 기간에 걸쳐 대학 교육을 받았고, 어쨌

1 베네수엘라의 카라카스에서 개최된 제6차 세계 사회 포럼에서는 베네수엘라의 대통령 우고 차베스가 폐막식 연설을 했다.

든 경제학 석사 소지자인데. 염병, 에라스뮈스 프로
그램이니 뭐니는 전부 다 어디에 써먹었을꼬? 인습을
거부하는 모로의 부모들은 아들을 지지하며 아들이
갈 길을 찾아냈다고 기뻐하면서도 이 점을 강조한다.
이건 분명히 하자. 우리로선, 공부는 이게 마지막 해
다. 가끔, 상식에서 나온 지적이라는 가면을 쓰고 사
회적 지위가 하락할까 봐 두려워하는 마음이 튀어나
온다. 모로, 넌 너무 나이가 많아. 차라리 연수나 하
고 현장에서 배우지 그래. 하지만 청년 모로는 굳건
히 버틴다. 사실, 직업 자격증은 빈둥거리는 인간, 불
성실한 도락가, 요리 예술에 매료된 금수저들을 경멸
하는 세계에서는 신용 담보 이상의 상징적 담보로서,
이 직업의 고됨 속으로 들어갈 것에, 그 육체적, 기술
적, 규범적 차원으로 스며들 것에, 규율의 엄격함을
받아들일 것에, 금속 도구들이 널려 있고 바닥에 타
일이 깔린 무대 뒤편에서 분주히 움직이면서 문화유
산이자 국가적 자부심인 프랑스의 위대한 식도락을
위해 밑바닥에서 일하고 있는 사람들에 합류할 것에,
자신들은 이름도 없고 보이지 않는 존재이면서도 문

화유산의 보존과 보급과 명성을 위해 일하는 사람들과 함께할 것에 동의한다는 신호이다.

모로는 1년 뒤 일반인 응시자 자격으로 시험을 치른다. 그날 모로는 시험 당일에 입고 가야 하는 조리복을 입어 본다. 68유로를 주고 무슈 베스트 매장에서 구입한 조리복으로, 모로는 흰색을 택했다. 조리복 상·하의, 조리화, 앞치마(무릎까지 오는 길이), 요리사 모자 — 모로가 말없이 작은 뜨락을 오가며 조리복을 선보인다. 꼭 끼는 앞치마에 감싸인 상체, 길고 가는 팔. 그러더니 의심스러운 표정으로 나를 바라본다. **괜찮아요? 어릿광대처럼 보이지 않나요?** 나는 미소를 짓는다. 썩 괜찮아 보이는 데다 전적인 신뢰를 불러일으킨다. 아주 멋져. 모로는 그러더니 실기 시험 때 가져가야 하는 도구들, 감탄을 자아내는 장비 일습을 한데 정리하며, 마술사가 마술을 행하기 전에 관중에게 모자와 요술 막대와 작은 구슬 등을 보여 주듯이 도구 하나하나를 집어 들고 커다란 목소리로 명칭을 붙이면서 내 앞에서 목록을 체크한다.

거품기, 세로 홈 파는 도구, 감자 칼, 반달형 바닥 긁개, 레몬 껍질 저미는 도구, 가위, 스파게티 면용 집게, 고기용 집게, 고기용 대형 포크, 주름 깎지 세트, 실리콘 주걱 하나, 엑소글래스 재질로 만든 납작 주걱 하나, 제과제빵용 납작 주걱 하나, 국자, 수프용 숟가락과 찻숟가락 몇 개, 동그랗게 도려내는 도구, 건전지가 제대로 들어 있는지 확인을 거친 전자저울, 그리고 오랜 조사 끝에 골라낸 칼들 — 스테인리스 칼들이 검은색 칼집 속에서 모두 한 방향을 보고 나란히 누워 있다. 발골(發骨)용 칼, 고기용 칼, 길고 가는 비계용 칼, 다용도 소형 칼, 칼갈이. 모로는 이 전투용 이름들을 속으로 되뇌며, 이런 식의 무장을 갖춘다는 것이 야릇하다는 생각을 한다.

시험 당일, 13구의 기술 학교에 마련된 시험 장소에 나타난 일반인 응시자들은 네 명이다 — 모로 말고도 모로와 비슷한 나이대의 응시자 두 명과 30대의 여성 한 명. 시험장은 넓고, 바닥에 타일이 깔려 있고, 조그만 소리도 울리는 공간이지만 지금으로서는 텅 빈 학교 특유의 야릇한 정적이 감돈다.

기본 과목 — 수학과 국어 — 시험을 면제받은 모로는 나머지 두 필기 과목, 예방·건강·환경과 조리 이론을 열심히 준비했다. 첫 번째 과목은 일반적인 질문이며, 다양한 종류의 고용 계약서, 예산 수립 능력, 혹은 사고 발생 시 대처 능력에 대해 묻는다. 나머지 한 과목은 요리의 기본 요령을 점검하고, 공중 보건에 대한 지식, 그러니까 위생 수칙들, 주방에서 이루어지는 작업의 모든 구성 요소에 대한 지식을 확인한다. 모로는 답안지를 작성한다.

반면에 실기 시험은 모로에게는 좀 더 부담이 된다. 응시자는 4시간 30분 동안 4인분에서 8인분의 음식 두 가지(앙트레와 메인 혹은 메인과 디저트)를 구상한 뒤, 만들어서 그릇에 담아내고 뒷설거지와 정리까지 마쳐야 한다. 이 모든 일은, 계속해서 과정을 지켜보고 기술 점수를 매기고 음식 맛을 평가하게 될 시험관들의 눈길 아래에서 이루어지게 된다. 모로는 입술을 깨문다. 칠판에 적힌 주제를 읽어 내느라 모로의 요리사 모자가 살짝 기운다. 전통식 블랑케트

드 보, 사바용 프랑부아즈. 모로가 잘 모르는 음식들, 겉으로만 단순한 음식들 — 특히 소스의 부드러움이 성공을 좌우하는 블랑케트가 함정이다. 스톱워치가 돌아가기 시작한다. 모로는 턱을 문지른다. 흥분하지 않겠다는 마음은 이미 먹었다. 자기 자리로 가서 자리 잡은 뒤 배치를 시작한다. 다른 두 명의 청년들도 집중을 하고 공간을 장악하고 식재료와 도구를 모아 놓는다. 반면에 그들보다 조금 더 나이가 든 여성은 필요한 재료들을 챙길 때부터 당황하며 시험관을 부른다 — 선생님, 당근이 없어요! — 시험관은 팔짱도 풀지 않은 채 턱짓으로 교실 뒤쪽의 저장고를 가리킨다. 모로는 생각에 잠겼다가 작업 계획을 세우고 나서는, 전보 쓰듯 단계별로 간략하게 노트에 적는다. 블랑케트는 세 시간 동안 약한 불에 천천히 익혀야 하니, 그 시간 동안 버섯을 익히고 흰색 미니양파를 통째로 윤내고 20분 정도 걸리는 사바용도 만들어야 한다. 벨루테 소스[2]는 그러고 나서 고기 육수로 만들면 된다. 모로는 송아지 고기와 버섯을 다루는 사이

2 흰색 루에 고기나 생선 육수를 부어 뭉근히 끓인 소스.

에 나무딸기와 크림 작업은 어떻게 할지를 잠시 생각
해 보다가, 나무딸기 블랑케트와 버섯 사바용의 모습
을 눈앞에 그려 본 뒤, 이 역발상도 그렇게 나쁘지는
않겠다는 생각에 미소를 띤다. 그러고 나서 고기 표
면을 센 불에 익힌 뒤 스튜 냄비 바닥에 깔고 적당한
높이까지 물을 붓는다. 됐다. 이제, 시작이다.

   시험 시간은 난생처음 접하는 풍성함이다. 시험장
은 동작들과 소리들 — 뭉근히 끓는 소리, 팔팔 끓는
소리, 크림을 휘젓는 거품기가 부드럽게 돌아가는 소
리, 순무를 다지고 당근을 저밀 때의 점점 빨라지는
칼질 소리 — 로 가득하고, 그곳에선 침묵마저도 한
숨, 탄성, 탄식, 구시렁대는 소리로 묵직하다. 그리고
경주에서 뒤처지지 않으려고, 굳건히 버티려고 스스
로에게 아낌없이 베푸는 격려의 말들로도. 자, 어서!
기운 내! — 소라 모양으로 머리를 틀어 올린 젊은
여성은 나지막한 목소리로 스스로를 독려한다 — 그
래서 열에 들뜬 흥분이 지배한다. 시험관들은 작업대
위로 고개를 내밀 때조차 등을 꼿꼿이 세우고 있다.
가끔씩 그들은 질문도 던진다. 불을 줄이지 않는 이

유는 뭔가요? 왜 일반 냄비가 아니라 스튜 냄비를 쓴 거죠? 어느 정도로 굽고 싶은 건가요? 모로는 소위 구현 중인 작품에서 눈길을 떼지 않은 채 답변한다. 그는 작업들을 순서대로 덜어 내면서 시간을 채워 나가고, 노트에 적어 놓은 것들을 한 줄 한 줄 지워 나간다. 그런데도 벨루테 소스에 밀가루 넣는 것을 잊어버리는 바람에, 숟가락으로 소스를 떠서 보니 너무 묽다. 플레이팅에서 망해 버린 사바용은 처음 구상과 닮은 구석이라고는 전혀 없고, 준비 과정에서 상처가 난 과일들은 원래의 섬세한 형체를 잃어버렸으며, 과육은 찢어져 크림이 장밋빛 자국으로 얼룩지고 만다 —염병, 이거 퓌레야 뭐야? 정해진 시간에 모로는 심사 위원단에게 음식을 제출하고, 시험관들은 맛보기 전에 우선 눈으로 평가한다. 자신감이 꺾이고 녹초가 된 모로는 애가 탄다. 청소를 마친 시험장 안으로 환한 햇살이 들이치고, 모든 것은 반짝거리며 휘황하다. 합격이다.

초상화

늘 허기를 느끼며 뭔가, 뭔가 맛있는 걸 먹고 싶어 하는 그 청년을 묘사해 보련다. 결단력 있고 길들여 지지 않는 그 청년을. 나는 10구의 카페테라스에 자리 잡고 앉아 있다. 교차로와 마주 보고 있어서 저기 다가오고 있는 모로의 모습이 잘 보인다. 모로는 맨머리 바람에 엉덩이는 자전거 안장에서 들어 올린 채, 맹렬한 속도로 달려온다. 브레이크를 밟자 자전거가 휘청한다. 모로는 바닥에 내려선다. 자전거를 들어 올려, 볼테르 대로의 커브에 안전을 위해 설치해 놓은 가드레일에 기대어 세운다. 후다닥 도난 방지 장치를 채운다. 단박에, 〈후다닥〉 해치우는 느낌. 춤을 추듯 조금치의 오차도 없는 정확한 몸짓.

솔직히 그 업계 종사자의 얼굴은 아니다. 모로는 온몸으로 직업 자격증을 막 따낸 젊은 요리사의 모습을, 흰색 앞치마에 쾌활해 보이는 커다란 덩치, 분홍빛 두 뺨, 빗질한 머리, 바싹 쳐올린 뒷머리, 훤히 드러낸 두 귀라는 상투적 이미지를 반박한다. 모로의 모습은 파리의 미식 세계에서 선풍적 인기를 끄는 멋쟁이 도시 젊은이의 모습과도 들어맞지 않는다. 그는 말라서 뼈마디가 불거졌고 팔에는 근육이 붙었다 — 그래야 한다. 요리를 하는 일은 스포츠와 흡사하다. 경주나 다름없다. 지구력과 순발력, 장애물들. 그에게서 가장 놀라운 것은 특유의 태도, 동작에서 풍기는 가벼움과 정확함, 그리고 그에게 지혜의 후광을 부여하는 응축된 고요함이다. 키가 큰 편인 모로는 다리가 날씬하고, 엉덩이가 좁고 상체가 납작하다. 그러니까 군살이라고는 찾아볼 수 없다 — 젊음일까? — 물론 어깨는 넓지만 옆에서 보면 실오라기 같다. 얼굴에도 살이 없고, 입술은 얄팍하고, 부드러운 밤색 머리카락은 어깨까지 내려오고, 둥근 금속 테 안경 — 젊고 지적인 트로츠키주의자 같다 — 덕분에 눈빛이 순해 보이고, 짙은 색 피부에 차분한 목소리. 요리업계 종사자들, 환한 미소로 자연스럽게 손님을 맞는 사람들, 맛의 쾌락과 말의 쾌락 —— 어설픈 배우의 요설(饒舌), 시인 나부랭이의 신탁 —— 을 결합시킨 사람들 특유의 넘쳐흐르는 너그러움이라고는 전무. 권위적인 모습도, 사나운 말투로 짓누르려는 경향도 전무. 모로는 젊음을 발산하고, 침착하고, 우울하고, 은밀하다. 한 마리 고양이. 레몬 띄운 페리에 한 잔. 그 잔을 쥔 손. 대번에, 묘사해야 할 대상이 그 손이 된다. 그 손은 일을, 늘 일을 한다. 그건 놀라운 전문성을 발휘하는 도구, 제작하고 만지고 느끼는 —— 감지기 —— 감각적인 도구이다. 손가락 마디들이 특히 인상적인데, 3옥타브 넘어서까지 정확한 음을 짚어낼 수 있고 재빨리 쫙 펼쳐 자유자재로 움직일 수 있으며 동시에 여러 가지 동작들을 할 수 있는 피아니스트의 손가락처럼 길쭉하고 힘차다. 노동자의 손이자 예술가의 손. 따라서 희한한 손.

라 벨 세종 / 버터 샐비어 뇨끼

뇨키 감자, 치즈, 밀가루를 섞어 긴 막대 모양으로 빚은 반죽을 한입 크기로 끊어 만든 파스타.

포부르 생탕투안의 오래된 골목에 콕 박혀 있는 40평방미터의 공간, 그게 라 벨 세종이다. 즉 한 명이 관리하는 홀 하나, 바 카운터 하나, 규정에 따라 마련된 화장실. 모로는 문간에 서 있고 농구화를 신은 그의 두 발은 한자리에 머문다. 그의 시선이 실내와 바깥으로 드러난 들보와 타일을 깐 바닥과 테이블 위에 뒤집어 올려놓은 의자들을 느긋하게 훑는다. 그는 장소에 대한 평가를 마치고 고개를 끄덕이더니, 주인과 이야기를 나누고 있는 아버지 자크를 돌아본다. 괜찮네요! 그의 목소리가 골목에 울려 퍼진다.

모로가 르 비용에 첫 출근을 한 뒤로 10개월이 홀

렀다. 그로서는 가장 길게 간 경험이고, 그가 셰프인 피에르와 만들어 낸 2인조는 이제 완전히 길이 든 상태다. 두 남자는 상대방이 꺼내는 말의 첫머리만 듣고도 즉각 이해를 하며, 공통의 감성을 지니고 있다. 결국 청년 모로는 여름 식단용으로 차게 내는 앙트레를 고안하거나 새로운 요리를 정하는 일뿐만 아니라, 식재료 공급업자들에게 주문을 내거나 영수증을 끊거나 설거지 담당을 고용하는 일까지 도맡게 된다. 피에르가 자리를 비울 때면 당연히 교대로 모로가 음식의 품질을 유지하는 것으로 되어 있다. 게다가 이런 일은 2007년 봄부터 점점 잦게 발생한다. 코르비에르에서 포도 농장을 경영하는 여성이 포도주 판매를 목적으로 방문 상담을 했는데, 피에르가 그녀와 사랑에 빠진 것이다. 그 뒤로, 피에르는 시간만 나면 연인을 만나기 위해 그녀가 있는 구릉 지대로 달려가곤 하더니 일주일의 반을 그곳에서 지내게 되고, 그 바람에 모로가 식당을 책임지는 횟수가 점점 늘어나기에 이른다. 어쨌든 모로의 시험이 다가오는 6월부터는 그만큼의 노동을 계속해서 감당해 나갈 수는 없는 일이다.

94

어느 월요일 아침, 피에르가 돌풍처럼 뛰어 들어오더니 르 비용을 팔고 코르비에르에 살러 가기로 결심했다고 알린다. 당장 그 주에 일 처리가 시작된다. 작별은 신속히 해치운다.

식당의 새 주인은 서른 살 난 잘생긴 청년으로 명랑하고 약삭빨라 보이는데, 이 지역의 변화와 발맞춰서 요즘 유행하는 쾌적한 레스토랑을 차려 놓고 가벼운 음식을 내놓으려고 한다. 실내는 연한 색깔의 목제 테이블, 저렴한 임스[1]풍 의자, 일본식 종이 갓을 씌운 램프 등 요즘 풍조인 미니멀 아트 취향으로 장식하고, 수프, 샐러드, 베이글, 키슈,[2] 투르트,[3] 그리고 힙스터들의 본산지 브루클린 분위기를 물씬 풍기는 케이크류 — 당근 케이크, 치즈 케이크, 컵케이크, 도넛, 브라우니 — 를 내려고 한다. 모로는 청년이 그러한 계획을 펼

---

1 찰스 임스Charles Eames(1907~1978)와 레이 임스Ray Eames (1912~1988) 부부는 미국의 유명한 건축가이자 가구 디자이너로, 이들의 대표작은 임스 라운지 의자이다.
2 페이스트리를 깔고 베이컨, 햄 등의 속재료를 넣은 뒤 우유와 크림, 달걀 혼합물을 부어 익힌 음식.
3 타르트 반죽을 깔고 고기나 야채로 속을 채운 뒤 타르트 반죽으로 덮어 오븐에서 구운 음식.

치며 흥분해서 떠드는 말을 듣고 있지만 그처럼 진부한 생각에 아무런 매력을 느끼지 못한다. 모로는 안정적 궤도에 오른 뒤 더 이상 새로운 메뉴를 개발하지 않는 식당들, 쿨한 도시 청년들이 즐겨 찾는 요즘 유행하는 그런 찻집 말고 다른 곳에서 일하고 싶다. 모로는 기다리기로 한다. 친구들도 다시 만나고, 6월에는 직업 자격증과 경제학 박사 준비 과정을 수료한다. 모로는 자신의 특이한 프로필이 시선을 끈다는 걸 안다.

바깥 골목에서는 12월의 태양에 뚜렷한 그림자들이 보도 위로 생겨난다. 모로가 둘러보는 동안 자크는 나이 들고 피로해 보이는 레바논 출신의 식당 주인과 이야기를 나눈다. 주인이 들려준 이 식당의 역사에 따르면, 이곳은 오래전부터 이 지역에서 유명한 식당이었단다. 지금의 주인은 2001년에 식당을 매입했는데, 당시 이곳은 동네 사람 둘이 운영하는 고급 바였고, 선별된 포도주뿐만 아니라 간단하나 고급스러운 음식, 생산자로부터 직접 구매한 햄, 소시지, 치즈 등을 제공했다. 하지만 이 부근 사람들은 모두 라 벨 세종

을, 이 성 밖 지역의 전통 요리 장인들이 대를 이어 가
족끼리 운영해 온 식당으로, 메뉴에 앙두예트[4]가 열
종류까지도 올라가는 미식가들의 소굴로 기억했다.
그들은 저마다, 체크무늬 테이블보가 식탁을 덮고 있
고 황마 커튼은 빨간색 줄로 묶여 있고 벽돌 벽에는
복제화들 ─ 정물화 위주의 그림들로, 늪지대를 배경
으로 사냥에서 돌아오는 모습, 게와 가재가 수북한
접시와 샴페인이 담긴 목이 긴 유리병, 아르침볼도[5]
풍의 기묘한 과일 바구니 등을 그린 ─ 이 걸려 있으
며 못에 걸린 장봉[6] 옆에는 전통 앙두예트 애호가 협
회에서 성실하고 충실한 업무 수행을 치하하기 위해
발행한 증서가 황금빛 액자 안에 든 채 여봐란 듯 걸
려 있던 광경을 떠올린다. 당시 동네 유명 식당인 이
곳에서는 하루에 백 명분의 음식을 냈다 ─ 점심때

4 돼지의 창자를 깨끗이 세척한 뒤, 고기, 갖은 향신료, 양념 등으로
속을 채워 만드는 음식.
5 Giuseppe Arcimboldo(1527?~1593). 이탈리아의 화가. 동물과
식물 이미지를 활용하여 사람의 머리를 형용한 괴기한 환상화들로 유명
하다.
6 돼지의 앞다리 살이나 뒷다리 살을 건조하거나 훈연하여 만드는 육
가공품.

2회전, 저녁때 2회전. 장사가 잘됐지만 이웃과의 소송에서 패하면서 2층에 있던 주방을 없애야만 했고, 그 뒤 주방은 계단 공간에 맞춰 그럭저럭 끼워 넣을 수밖에 없었다. 제대로 된 주방이 없어지면서 레스토랑은 결국 고급 바로 방향을 틀었고, 부부는 얼마 뒤 라 벨 세종에서의 20년을 포함해 도합 40년에 걸쳐 몸담았던 외식업에서 은퇴했고, 케르시로 내려가 채마밭이나 가꾸겠다며 바를 팔았다. 현 주인은 당시 자신보다 훨씬 젊은 여성과 막 혼인을 했던 참이라 신부에게 이 바를 선물로 주고 싶어 했더랬다. 그 뒤로 7년 동안 부부는 함께 레스토랑에 숨결을 불어넣었고, 여전히 같은 그 고객들이 이번에는 레바논의 미식 전통과 맞닿아 있는 라브네,[7] 무타발,[8] 홈무스,[9] 타불레,[10] 그릴에 굽는 온갖 종류의 꼬치 요리 혹은 고기로 속을 채운 파이 등을 즐겼다. 지금 장사는 숨통이 죄어드는 상황이다. 자크는 빠르게 상황을 이해

7 중동 지역의 발효 응축 치즈.
8 구운 가지 퓌레를 주재료로 하는 레바논 음식.
9 병아리콩을 으깨어 올리브유와 마늘 등을 섞어 만드는 중동 요리.
10 밀, 파슬리, 토마토, 박하 잎 등을 섞어 만드는 중동식 샐러드.

한다. 계단 공간에 자리 잡은 주방이 계속 문제가 되는 데다가, 주인이 나이가 들지 않았는가. 레스토랑 운영에는 엄청난 에너지가 필요한데, 주인은 이제 더는 그만한 에너지가 없으니, 그 역시 은퇴하고 싶으리라.

자크는 따져 본다. 본인의 여유 자금, 은행 융자를 받을 경우 이자율, 주변 사람 몇몇에게서 끌어올 수 있는 투자금. 숫자가 줄지어 지나간다. 확 질러야 해. 어떻게 생각하니, 응? 할까? 지금 벌어지고 있는 일 ─ 그들 두 사람이 라 벨 세종 문 앞에 나란히 서 있다 ─ 에 깜짝 놀란 모로가 3주 전에 오네 집 부엌에서 꺼낸 그 생각이 구체화되는 걸 보고 정신이 멍해져서 아버지를 바라본다. 그날 저녁, 모로는 리코타 치즈로 속은 채운 오징어 먹물 카넬로니[11]를 잔뜩 먹여 주고 나서 잠시 뜸을 들였다. 이제 식당을 열었으면 해요. 제 식당을요! 우리는 저마다 아는 척하며 그에게 주의를 줬더랬다 ─ 너도 알겠지만, 식당 일, 그거 골병든

11 원통형으로 생긴 파스타. 삶아 낸 카넬로니 속을 리코타 치즈, 시금치, 다진 고기 등으로 채우고, 소스를 곁들여 먹는다.

다. 이제 겨우 스물넷이잖아. 차라리 젊음을 누리라고.
그런데 자크가 불쑥 나서더니 강력하게 의견을 내놨
다. 난 그 계획이 마음에 드는데. 모로, 나랑 같이 하
자! 55세가 된 자크는 기운이 넘치고, 보기 드문 달변
에 배움에 대한 열정이 있을 뿐만 아니라 한가하기까
지 하다. 컴퓨터 공학 전문학교의 경영진에서 일하다
가 사직하기로 결정을 내린 직후라 시간도, 뭔가 새
로운 일을 벌이고 싶다는 욕구도 있다. 자크는 새로
운 도약을 축하하기 위해 둘러앉은 사람들을 향해 잔
을 치켜들었다 ― 나 역시 잔을 들어 올리며 모로를
바라보니, 모로는 별다른 감정을 내보이지 않고 냅킨
만 접고 있었다.

모로는 라 벨 세종 앞에서 서성거리고, 미소를 짓
는다. 며칠 뒤, 자크와 모로는 이곳으로 다시 돌아와
계약을 마무리하게 될 테고, 홀 안으로 들어가서 맑
고 신선한 앙주의 포도주, 아니, 크게 축하할 일이 있
을 때마다 내놓는 베카 평원산 포도주인 더 좋은 품
질의 묵은 케프라야 포도주 병을 따게 될 것이다. 하

지만 청년 모로는 지금 당장에는 아버지가 정보를 얻어 내는 모습을 지켜보며, 이건 해볼 만하고 허황된 면이라고는 전혀 없는 계획이라고 생각한다. 모로는 자신이 아침 일찍부터 밤늦게까지 일하게 될 것이고 두 사람만으로는 버거운 일이 되리라는 것을 똑똑히 안다. 그 뒤 몇 달 동안 아버지와 아들은 계획 실현에 필요한 자금 조달에 매달린다. 은행들은 툴툴거린다. 외식 산업이 잘되는 경우는 아주 드물고, 돈만 잡아먹는다. 게다가 이 둘이 이룬 한 조로는 어림없다 — 어찌 됐든 검토나 해보자. 요리사는 나이도 어리고 유명하지도 않다. 일한 경험이 1년도 채 안 됐고, 셰프 경험은 전혀 없으며, 요리사가 되기 위한 교육을 받지도 않았다. 아버지 쪽은 심지어 요리의 세계에 대해 아는 게 하나도 없다. 게다가 이 사업은 단번에 일정 정도 투자를 필요로 한다. 하락세에 들어선 식당이라서 다시 살려내야 하는데, 그러자면 시간이 필요할 것이다.

그리고 공사도 해야 한다. 무엇보다도 주방은 공사가 필요하다. 자크와 모로는 계단 벽을 부수고 화장실을 다른 곳으로 옮기고 요트 주방처럼 콤팩트한 부엌을 만들어서 화구 네 개, 오븐 하나, 작은 작업대 하나, 자취용 냉장고 하나를 들여놓을 생각이라고 진즉에 계획했더랬다. 또한 식당 위층의 작은 아파트도 다시 손본 뒤 그곳에 모로가 자리 잡을 생각이다. 드디어 심사 통과. 융자를 받아 낸다. 2008년 6월, 자크와 모로는 15만 유로짜리 계약서에 사인한다. 기가 막힌 타이밍이었다. 바로 한 달 뒤, 경제 위기의 조짐이 나타난다 — 대규모 경제 위기, 즉 2009년의 경제 위기.

레스토랑 오픈 전날, 장중한 표정의 모로가 내게 라 벨 세종의 문을 열어 준다. 우리는 홀을 가로지른다. 이 시각 홀은 마치 숨을 죽인 듯하다. 밀리미터 단위까지 꼭 맞게 배치한 소형 주방으로 들어가 보니, 아주 작은 틈새일지라도 주문 제작품으로 채워져 있다. 모로는 서랍을 열어 보여 주고, 수납장 문을 밀어 보여 주고, 수돗물을 틀어 보여 준다. 나는 모로에게 앞으로 무슨 일이 기다리고 있을지 아느냐고 묻는다. 그가 나를 꼬나보더니 대꾸한다. 의문을 품느니 저는 그냥 질러요. 그게 다죠.

6월 18일. 오픈일이다. 라 벨 세종은 사람들로 넘친다. 좌석은 35석이지만 좁혀 앉으면 아직도 두세 친구는 더 들일 수 있다. 친구들이 다 와 있다. 총출동한 오네의 짝패들은 거푸 술을 주문한다. 친지들도, 공사 기간 동안 알게 된 골목 이웃들도 와 있다. 재료를 꺼내고 음식을 준비하기 위해서는 상체와 어깨를 틀기만 하면 되고, 팔을 여기로 저기로 뻗기만 하면 되는 초소형 주방에서 모로는 팽팽 돌아간다. 칠판에 적은 메뉴를 보니, 점심으로 6유로짜리 앙트레, 10유로와 12유로 사이의 메인 요리, 8유로 혹은 9유로짜리 디저트를 제안하고 있다. 저녁에는 크로스티니 — 다양한 토핑을 올린 토스트 — 를 내는데, 점심 서비스를 끝내고 난 뒤 남은 재료가 뭐냐에 따라서 토핑이 결정되므로, 피망/안초비, 배/로크포르 치즈, 브로슈 치즈/훈제 참치 등이 조합된 간편하나 독창적이고 섬세한 음식이 탄생한다. 자크, 그는 모로가 말이 없는 그만큼 쾌활하고, 모로가 자기만의 비밀스러운 일터에서 손님들의 미각에 놀라움을 안

겨 주려고 주의를 기울이는 그만큼 손님들에게 주의
를 기울이며, 타고난 성의와 타인에게 기울이는 마르
지 않는 관심을 발휘해 홀에서 자신의 무대를 찾아냈
다. 이 독특한 듀엣에게는 힘을 보태 주러 오는 여자
친구가 있는데, 가욋돈을 벌 거리를 찾고 있는 이 친
구는 여러 가지 언어를 구사하며 능수능란하다. 주문
을 하면서 음식에 대해 이것저것 묻는 손님들에게 자
크가 해주는 말은 이렇다. 우리 레스토랑 이름대로
죠. 뭘 시켜도 늘 아름다운 계절입니다.[12]

첫해 여름부터, 레스토랑은 정오가 되면 매일 그
동네에서 점심을 해결하는 회사원들이나 골목에 점
포를 갖고 있는 장인들로 꽉 찬다. 그것도 삽시간에.
2회전으로 운영되는 저녁 시간에는 미식가인 사람들,
새롭게 떠오르는 〈음식 맛이 좋은 작은 레스토랑들〉
을 찾아다니길 좋아하는 사람들, 한 끼 훌륭한 식사
를 위해서라면 파리를 끝에서 끝으로 가로지르기도
마다 않는 사람들, 유기농 포도주와 섬세한 타파스[13]

---

12 〈라 벨 세종〉은 프랑스어로 〈아름다운 계절〉이라는 뜻이다.
13 스페인에서 유래한 전채 요리.

를 맛보기 위해서 네다섯 명으로 무리 지어 우르르 몰려오는 사람들을 맞아들인다. 입소문이 빠르게 퍼져 나가자 모로와 자크는 휴가철이 지나고 나면 저녁 메뉴를 더 보강해서 타파스 이외의 것도 내기로 결정한다. 결국, 고객들은 먹겠다는 거니까. 좋은 신호다. 요컨대 장사가 된다. 그것도 아주 흡족할 만큼.

모로는 시장에서 돌아오면 눈코 뜰 새 없이 음식을 만드는데, 그래야 첫 번째 고객들이 주린 배로 모습을 드러낼 때쯤인 정오까지 준비를 마칠 수 있다. 이 빡빡한 시간 동안, 이 협소한 공간에서 벌어지는 일은 엄청난 강도의 즉흥적 행위이자 아주 높은 수준에서 이루어지는 온 감각의 실험인 동시에 재료 — 유기적이고 살아 있으며 초민감성인 재료 — 와의 부딪침이다. 내가 모로에게 그런 일을 어떻게 하는 건지 자세히 알려 달라고 하자, 모로는 어깨를 으쓱거리고, 입술을 비틀고, 턱을 쓰다듬는다. 재료에 집중해요. 재료를 드러내고, 재료에 포커스를 맞추는 편이에요. 가끔 서로 결이 다른 재료들이 어우러질 때 그것들은 입안으로 들어가서 자신을 드러내죠. 이런 식의 결합, 이런 식의 대비, 그게 바로 그만의 요리법으로서, 시장에서 구입해 온 야채에 맞춰서 그가 해석하고 재창조해 내는 것이다. 가끔씩 모로는 자신이 만드는 음식의 깊이와 발전 및 변형 가능성을 알아내기 위해서 수심을 재듯 맛을 본다.

요즘, 사람들은 모로가, 어디선가 불쑥 나타난 이 독학자 셰프가 홀로 은밀히 움직이는 이 초소형 주방을 마치 마술사의 거처인 양 묘사한다. 사람들은 이 골방이 매일매일 새로움을 더해 가는 경이로운 음식들을 만들어 내놓는 마법의 제작소에서 심장부를 차지한다고 여긴다. 신선한 나무딸기로 맛을 낸 정어리 요리, 자연산 농어 요리, 호박 리소토, 바질 뿌린 양배추 잎으로 싼 뒤 당근즙에 곤 소고기 요리와 블러드 오렌지 소르베를 올린 달콤한 감자 케이크, 신선한 회향이 들어간 문어 샐러드, 넙치 포와 판체타[14] 말이, 열대 과일 소스로 졸인 아귀 요리, 시금치 퓌레를 곁들인 도미 요리, 셀러리 소스를 친 연어알과 족

14 돼지 뱃살을 소금에 절이고 향신료로 풍미를 더한 후 바람에 말려 숙성시킨 이탈리아식 염장육.

발 샐러드. 라 벨 세종의 몇몇 요리들은 빠르게 시그니처 메뉴가 되는데, 부드럽게 살살 녹는 버터와 샐비어가 들어간 뇨키나 버섯 뇨키, 혹은 비계와 완두콩 뇨키가 그렇다.

창의력이 돋보이고 섬세하며 허세가 없는 이 식당의 요리는 강한 인상을 남긴다. 모로의 작업을 보고 있으면, 으뜸가는 재능과 창의력의 보유자이자 가장 정도를 걷는 요리사는 일반의 통념과는 달리 반드시 재료의 변모를 추구하는 요리사가 아니라 어쩌면 가장 강렬한 방식으로 재료의 복원을 추구하는 요리사일지도 모른다는 생각이 든다.

찬양 글이 인터넷 사이트 이곳저곳에 올라오기 시작한다. 몇몇 미식가들에 의해 운영되는 이 사이트들은 미식 체험만을 위해 살아가는 사람들, 소위 미식광들의 주목을 끌며, 전문가의 의견을 구하는 사람들에게 커다란 영향을 미친다. 모두 라 벨 세종에서 특이한 경험을 했다고 찬사를 보낸다. 셰프의 기량과 감성은 말할 것도 없고, 셰프의 젊음이 유독 놀라움을 안긴다 — 스물네 살이라니, 애잖아! 하지만 이 모든 것보다도 더 놀라운 것은, 식당 홀로 나와서 악수를 해가며 찬사를 거둬들이기를 기피하는, 요컨대 모습을 보이는 법이 드물며 인습에 젖지 않고 과묵한 그의 성향, 그러니까 미식 세계의 추세 — 요리는 텔레비전에서 방영되는 공연인 양 서스펜스 가득한 경연처럼 연출되고, 셰프들은 유명 인사이자 대중 매체의 아이콘이며 소비자의 구매 욕구를 자극할 수 있는 얼굴들로 탈바꿈하는 — 와 엇나가는 그의 성향이다. 까다롭기로 정평이 난 요리 평론가들은 이제껏 그들이 발굴해 낸 식당들 가운데 라 벨 세종이 가장 아름다운 발견물이라고, 모로는 장래가 촉망된다고 묘사한다. 미식광으로 자처하는 파워 블로거들은 자신들이 먹은 음식 사진들을 올린다. 미식 커뮤니티에서는 모로를 자기네와 같은 과라고, 새로운 세대이자 전위라고 인정한다.

첫해, 모로는 혼자서 주방 일을 감당한다. 그 일은 고되어 홀로 일하는 사람으로서는 육체적으로 고달프다. 모로는 일손 — 어머니와 누이가 성수기에는 임시 고용인이 되어 준다 — 을 빌려 가며, 그리고 일을 해치운 뒤 기력을 회복하기 위해 긴 잠이 필요할 때면 여러 번에 걸쳐 쪽잠을 자가며 그 무게를 견딘다. 설거지 담당 직원이 한 명 생겨서 푸성귀 다듬는 일을 같이 하지만 주방의 협소함이 직원의 추가 고용을 제한한다. 2009년에 주방을 확장하면서 — 뭔가 벌어지는 중이라는 신호 — 모로는 주방 보조로 견습생을 한 명 고용한다. 이 견습생 역시 최저 시급을 받는 정규직으로 들어오는데, 모로는 계약 조건이 제대로 지켜지도록 추가 노동 시간이 없게 신경 쓴다. 또한 모로는 늘 13시 30분과 14시 사이에 몰리는 손님들, 그러니까 재빠르게 내야 하는 25인분의 식사에 대비하기 위해 아침에 보다 일찍 일을 시작하기로 결정한다. 나는 모로에게 이러한 고독이 압박이 되지 않는지, 그런 고독을 나누어 진다면 홀의 식탁에 앉아 있는 사람들을 흡족하게 먹여야 한다는 야릇한 책임감이 좀 더 견딜 만하지 않겠느냐고 묻는다. 모로는 고개를 젓더니 그의 독립적인 성향을 내세운다. 성향이 그런데요, 뭘. 일이 힘든 건 겁나지 않아요. 게다가 내게 소리 질러 댈 사람도 없잖아요.

낮 시간은 특히나 길고 길다. 한차례 주방 치우기가 끝나면 15시가 되고, 모로는 겨우 엉덩이를 붙인다. 휴식 시간. 거리에 고요가 자리 잡을 무렵 모로는 식사를 한다. 마치 공기가 빽빽해지고 침묵으로 부풀어 오르기라도 한 듯 공간이 텅 빈다. 설거지 담당과 주방 보조는 이제 모습을 감췄다. 모로는 긴장을 풀고 가끔은 잠도 잔다. 종종 시장에 들러 한 바퀴 돌기도 한다. 아는 상인들을 만나 보고, 업계 사람들과 한잔 걸치기도 한다. 이들에게 짜릿함마저 안겨 주는 오후의 이 몇 시간은 꽉 찬 나날들 속에 우묵한 동공처럼 패어 있다. 그러고 나면 오후 시간이 확 줄어들기 시작한다. 벌써 주방으로 돌아가야 한다. 18시. 모로의 일은 다시 시작되고, 늘 촉박하다. **시간과 경쟁하며 4년을 보냈어요.** 몹시 더운 어느 여름날, 모로는 가장자리에 빙 둘러 설탕을 묻힌 유리그릇에 감귤 시럽을 뿌린 사바랭[15]을 준비하면서 내게 그런 말을 건넨다.

가장 힘든 순간은 희한하게도 눈이 핑핑 돌아가게 바쁜 때가 아니라 빈틈없이 청소하고 말끔하게 정리

15 이스트를 넣어 발효된 반죽으로 만든 프랑스식 생과자.

하고 다음 날을 위해 세팅해야 하는 저녁, 그날 하루가 짓눌러 오고, 서비스의 스트레스로 완전히 기진하고 녹초가 되어 말을 할 기운도 누군가를 바라볼 기운도 더는 없는 그런 저녁이다. 주방 보조와 설거지 담당은 늘 모로보다 앞서 일을 마치고 모로 홀로 최소 자정이 될 때까지 서성인다. 마지막 손님들이 소곤거리며 대화를 나누고, 외투를 걸치면서도 커피를 다시 입에 갖다 댄다. 이때가 바로 자크가 바 카운터를 떠나지 못하고 뭉기적거리는 어떤 동네 부부와 활발하게 수다를 떨기 시작하는 시간이고, 모로가 무심한 표정으로 주방의 쓰레기통들을 바깥에 내놓는 것으로 자신은 곧 자러 올라가려고 한다는 의사를 나타내는 시간이며, 자크가 근엄한 목소리로 이렇게 알리는 시간이기도 하다. 자, 시간 됐어요. 문 닫습니다. 자, 자, 내일도 학교 가야죠.

알리그르 / 돼지감자, 꾸리살

알리그르 파리 12구에 위치한 알리그르 광장과 알리그르가에 서는 유명한 시장.

모로가 포부르 생탕투안가를 건너가는 때는 8시, 때로는 7시이다. 그때쯤이면 알리그르 시장에서 장바구니를 들거나 쇼핑 카트를 밀거나 핸드 카트를 끌고 있는 모로의 모습을 볼 수 있다. 하루가 열리는 이 시간, 시장 안에 판매대를 갖고 있는 상인들과 실외에 가판대를 갖고 있는 상인들이 상품들을 부리며 서로 소리쳐 부르는 한편, 첫 손님들 — 대화 상대를 찾을 겸, 그날 쓸 고기, 그러니까 소 간 혹은 닭 가슴살 80그램을 구할 겸 해서도 아장아장 찾아오는 안노인네들, 일터로 가기 전에 후다닥 식료품을 구입하려고 분주한 어머니나 아버지들, 그리고 모로 같은, 그러니까 하루에 50인분의 식사를 내려는 사람들 — 이 모습을 나타낸다.

모로는 식당을 연 뒤로 비가 오나 바람이 부나 매일 이곳에 와서 고기와 생선과 야채를 구입한다. 이 때가 하루의 가장 중요한 순간, 식당 메뉴가 정해지는 순간으로, 청년 모로가 품질도 좋고 가격도 적당한 것으로 어떤 재료를 찾아내는가에 따라서 식당 메뉴는 바뀌기 마련이다 — 매일 메뉴를 바꾸는 일, 그게 이 일의 유희적 측면이죠. 새로운 걸 만들어 내는 게 일상이에요. 〈때마다〉 상품을 정해야 하니, 정말이지 고객에게도 내게도 습관적 반복이란 건 없어요. 모로는 성냥을 질근거리면서 유백색의 싱싱한 아스파라거스를 눈짓으로 가리킨다.

가난하고 자금의 여유도 없고 갚아야 할 대출금과 현금 경색으로 쪼들리는 모로는 레스토랑 경영자로서 비용 관리와 가격 조정을 늘 신경 써야 한다. 재료 구입에서 실수란 있을 수 없다. 지혜롭게 꾸려 가야 한다.

시장, 그건 무엇보다도 레스토랑의 순조로운 경영에 필수적인 인맥 구축의 장이다. 모로는 단박에, 이러한 매일매일의 시장 순회를 실습으로 받아들이는 동시에 느긋하게 시간을 들여 자신이 믿을 만한 사람임을 보여 줘야 하는 일로 간주한다. 그는 그 지역을 탐색하고, 흐름을 판독하고, 여러 관계자들과 그 장소를 뒤덮은 관계망 — 누가 누구를 길들이는지 — 을 파악하면서, 라 벨 세종 정도의 레스토랑은 대부분의 사람들에게 흥미를 불러일으키지 못하는 틈새 시장임을 깨닫는다.

따라서 초기에 모로는 시장 곳곳에 들른다. 시장 통로마다 들어가 보고, 가판대마다 물건을 집어 들고, 석판에 적어 놓은 가격을 비교하고, 상품들을 평가한다. 요컨대 야채와 과일을 대줄 상인을 골라내는 데 제법 시간을 들이게 되리라 — 같은 곳에서 필요한 야채들을 모두 구입하면 흥정에서 힘을 쓸 수 있거든요. 나란히 걸어가면서 모로가 들려준 말이다. 우리는 카트를 밀면서 가고 있다. 커다란 장바구니가 바로 차버리는 바람에 모로는 한 번 더 시장을 돌고 있다. 카트는 더 많은 물품을 쟁일 수 있게 해주면서도 모로의 등을 짐으로부터 해방하고, 복부와 어깨와 팔 근육을 단련해 준다 ─ 처음 며칠 동안 모로는 온몸이 쑤셔서 인상을 쓰게 되는데, 그래서 나는 일부러 들러 모로에게 호랑이 연고를 주면서 조심하라고, 요리에 쓰는 게 아니라고 말해 준다. 얼마 뒤 모로는 드디어 마음 맞는 청과상을 만나게 되는데, 룅지스에서 최상급의 야채와 과일을 생산하는 사람들을 연결해 주고, 그가 원하는 양과 품질 ─ 모로의 경우 크기가 작고 선호하는 특정 사이즈의 줄기잎이 달린 당근 20킬로그램뿐만 아니라 그가 요리하기 좋아하는 흔하지 않은 채소들, 그러니까 돼지감자, 뚱딴지 혹은 갯상추 ─ 에 맞춰 공급하는 일을 담당하는 사람과 동업 관계에 있는 상인이다.

2010년부터 모로는 생산자와 소비자 사이의 유통 과정을 단축시키려고 애쓰는 새로운 유형의 식료품점과 점점 더 빈번하게 거래하기 시작한다. 더 좋은 가격, 빨라진 식재료 회전, 최적의 신선도 보장. 식재료는 매일 입하되며, 특정 고객을 대상으로 한다. 가게 주인이 직접, 엄선한 농장들을 규칙적으로 수도 없이 돌아다니면서 식재료들 ─ 과일과 야채, 치즈, 육가공품, 생선, 해물 ─ 을 수합한다. 그는 센마리팀에 있는 소몽라포트리에서 뇌프샤텔 페르미에 치즈를, 모르비앙에 있는 사르조에서 훈제 돼지고기 필레 미뇽[1]을, 루앙의 정육점 라 크루아 드 피에르에서 부댕 블랑[2]을, 센마리팀의 쥐미에주에서 멜로즈 사과와 콩페랑스 배를 구해 오고, 굴을 구입하러 망슈의 생바라우그 양어장까지 달려간다. 또한 소형 트럭을 몰고 있지 않을 때면, 핸드 카트를 끌고서 RER[3]를 잡아타고 마지막 정거장에서 내린 뒤, 뢰르에서 농장을 운영하는 여성으로부터 생우유로 만든 요구르트를 구해 온다.

반면에 고기, 이건 훨씬 까다롭다. 믿을 만한 정육사와 안면을 터서 공급자와 짝을 이뤄야 한다. 모로가 일을 시작하면서 처음으로 거래를 텄던 정육사가 여름 휴가철에는 문을 닫는 관계로, 모로는 보보 시장에 들러 파리의 시장에 남아 있는 두세 개의 전문

---

1 뼈가 없는 안심이나 등심 부위에 해당한다.
2 돼지 창자에 흰색 육류, 계란, 크림 등을 넣어 만드는 육가공품.
3 Réseau Express Régional. 파리와 그 주변을 연결하는 프랑스의 급행 철도 체계.

정육점들 가운데 한 곳이자 소 등살과 토끼와 사냥한 야생 동물의 고기로 만든 리예트[4]로 파리 전역에서 명성이 자자한 정육점에 의향을 물어보기로 결심한다. 그 정육사는 식당에서는 너무 많은 양의 고기를 요구하기 때문에 식당들과는 거래하지 않는다 — 그는 특정 고객의 지배 아래 들어가기를 거부하며 단박에 자신의 독립성을, 자신이 원하는 대로 일하고자 하는 의지를 내비친다. 〈알겠지만 내겐 자네가 필요 없네〉라고 모로에게 말하는 것만 같다. 그래도 모로는 매일 끈질기게 그를 보러 오고, 자신을 알리러 들르고, 카운터 곁에 질기게 눌러앉아서 이야기를 들어주기를, 지나가는 몇 마디 말이라도 얻어걸리거나 신뢰의 눈길이 와 닿기를 바란다. 그건 길들이기다. 모로의 끈질긴 인내가 결실을 맺는다. 여름이 끝나 갈 무렵 정육사는 라 벨 세종에서 쓸 육류 공급을 수락하는데, 이는 식당의 명성을 크게 좌우할 중요한 단계가 되리라. 모로는 7주간 숙성시킨 꾸리살이나 싱

---

4 돼지기름과 돼지고기를 2대1 정도의 비율로 장시간 뭉근하게 익힌 뒤 식힌 음식으로, 앙트레로 많이 사용된다.

싱한 송아지 갈빗살을 공급받게 된 것뿐만 아니라, 상징적 도유(塗油)식을 받은 셈이다.

끝으로 포도주가 있다. 포도주에 대한 교양, 일생을 바쳐도 전부 습득하기란 어림없다는 그 지식이 없을 경우, 아무리 단순하게 만든다 해도 포도주 차림표 구성은 쉽지 않다. 그런데 일상의 사교를 통해 형성된 최초의 동네 인맥 덕분에 모로는 두 명의 요정들을 만난다. 미셸과 파브리스. 미셸은 포도주 바 랑볼레의 주인으로 그가 제안하는 차림표에는 근사한 포도주들이 즐비하고, 파브리스는 랑볼레에서 근무하는 브리스틀 출신의 소믈리에이다. 그 두 사람이 함께 한 달에 한 번씩 금요일을 골라 블라인드 시식 자리를 마련한다 ─ 그 두 사람이 내겐 학교예요. 모로가 내게 가까이 오라고 손짓을 하더니, 햇볕 속에서 손에 든 잔을 천천히 돌려 루아르 지방의 포도주 색깔을 보여 준다. 모로는 파브리스의 도움을 받아 자신의 포도주 저장고를 구성한다. 모로로서는 자신이 반은 이탈리아인임을 인정해야 하는 순간이다. 라 벨 세종의 포도주들은 이탈리아 반도의 소규모 농가에서 생산하는 유기농 포도주들로 구성되리라.

식당 운영의 열쇠를 쥐고 있는 식재료 공급 방식이 날이 갈수록 더 매끄러워진다. 신선함, 비용, 나아가 저장 능력 — 소형 냉장고가 유제품으로 이미 꽉 차 있는 라 벨 세종에서는 극도로 한정되어 있는 — 까지 고려해야 한다. 그래서 버리는 부분이 생기는 것이 못마땅한 모로는 필요한 양을 정확하게 계산하는 일에 몰두한다. 그는 늘 조금 더 근접하게, 조금 더 정확하게 필요한 양을 맞추고 맞춰 나가다가 결국 점심 서비스에서 남은 재료들에 대한 근사한 해결책을 저녁때 내는 타파스에서 찾게 된다. 그리하여 모로는 3회전 서비스에 필요한 양만 장을 보고, 무슨 일이 있어도 10시에는 주방에 들어간다.

피로

그 뒤로 나는 모로를 4년간 보지 못했다. 아니, 이제는 라 벨 세종 이전에 만나던 것처럼, 그러니까 햇살이 어른거리는 뱅센 호수에서 배를 타거나 바스티유에서 심야 영화를 보거나 뷔트쇼몽 공원에서 수영을 하거나 빈둥거리거나 저녁에 이쪽이나 저쪽 집 소파에 너부러져서 음악을 듣거나 하면서 만날 수는 없었다. 모로와 함께 잠시 시간을 보내고 싶으면 유일한 해결책은 서비스가 끝날 무렵에, 그러니까 자정과 1시 사이에 모로를 보러 가는 것이다. 이맘때면 마지막 손님들이 커다란 목소리로 문간에서 그를 향한 찬사 — 예술이에요, 모로! 루쿨루스[1] 모로! 매주 올게

1 Lucius Licinius Lucullus(기원전 118~56). 로마의 군인이자 정

요, 모로! ─ 를 쏟아 내지만 그런다고 그들이 모로가 주방에서 나와 그들과 이야기를 나누러 오게 하는 데 성공하는 법은 없고, 그러기는커녕, 모로는 그저 고개만 밖으로 내놓고 앞치마에 손을 닦으면서 입술만 겨우 움직여 거의 들리지도 않을 감사의 말을 중얼거리면서 그들을 바라본 채 고개를 까닥일 뿐이다. 설거지 담당은 설거지를 마쳤고, 주방 보조는 가죽 점퍼로 갈아입고, 자크는 바를 정리하고, 모로는 커피를 한잔 마시면서 그제야 겨우 내게 홀쭉한 뺨을 내밀었다. 잘 지내세요? 그러면 나는 바 카운터의 등받이 없는 의자에 앉아 이야기를 시작하고, 모로는 6인의 단짝 친구들과 미아 ─ 내가 미아에 대한 얘기를 꺼내자 그의 얼굴에 여전히 빛이 어리는 듯했다─의 소식을 차례차례 묻긴 하지만 대체로 단음절 혹은 어렴풋한 미소를 제외하면 거의 말이 없고, 10분 뒤엔 샤론 가의 식료품상에게 주문을 내기 위해서 컴퓨터를 켜고, 알록달록한 파일들을 클릭하고, 가리케트

치가로, 동방에서 미트라다테스 6세를 상대로 전승을 거둔 인물. 그의 식탁은 호사스럽기로 유명했다고 한다.

딸기와 단호박을 필요한 양만큼 입력하고, 그러는 동
안 나의 말들은 컴퓨터의 푸르스름한 빛 속에 서서히
잠겨 들고, 결국 나는 입을 다물었다. 어느 날 밤, 나
는 모로에게 결국 조용히 이렇게 말하고 말았다. 오
케이. 내 말 안 듣고 있구나. 난 그만 갈래. 모로는 전
기 충격을 받고 부르르 떨 듯이 소스라치더니 내 팔
에 손을 올려놓고는 목소리를 높였다. 그러지 마요. 피
곤해 죽을 지경인데, 안 보이세요?

6개월 뒤, 2012년 6월의 어느 날, 모로가 내게 전
화를 걸어온다. 팔려고 한단다. 나는 뒤로 나자빠질
뻔했다. 염병, 잘되고 있다고 생각했는데 ― 〈파리
동쪽에 나타난 식당〉, 〈미식계의 허세와는 거리가 먼
요리의 정수〉, 〈순간, 정도, 본질의 요리〉 ― 그러자
모로가 웃는 소리가 들려왔다 ― 오랜만에 들었다
― 걱정 마세요. 아주 잘되고 있어요. 너무 잘되어서 문제
예요. 모로의 목소리는 밝고 내 기억 속에서보다 덜
음울하다. 모로는 만나자고 한다. 한 시간 뒤 우리는
뷔토카유의 어느 바에서 서로 마주 보고 앉아 있다.
나는 모로에게 우리가 해가 떠 있을 때 봤던 게 3년

전 1월 1일이 마지막이었고, 그날 나는 웃기게 생긴 개를 한 마리 데리고 있었고, 개를 산책시키려고 가 볼 수 있는 한 바스티유 쪽으로 가보는 중이었다며 지난 일을 들춘다. 물론 모로가 혈기 넘치는 안색은 아니고 눈의 흰자위도 약간 노르스름하지만, 그렇다 고 해서 핏기가 없거나 누렇게 뜬 것도 아니어서 4평 방미터의 좁은 공간 안에서 선 채로 최근 3년의 반을 보낸 사람 같지도 않다. 이야기해 봐. 레몬 띄운 페리 에 한 잔. 그만하려고요. 피곤해서요. 녹초가 되고, 기운이 없고, 진이 빠지고, 탈탈 털리고, 달달 볶이고, 온몸이 아프 고, 쑤시고, 작살나고, 결딴나고, 뼛속까지 피로에 절어 완 전히 망가졌어요. 겉만 보면 모르겠지만 난 초주검이에요.

초주검이라고요.

피로. 그런 상태로 보낸 4년. 등, 목, 관절. 그는 늘 아프다. 그는 개운한 게 어떤 것인지를 잊었다. 푹 쉰 육체가, 고통 없고 쑤시는 데 없는 육체가 어떠한지 를 더는 알지 못한다. 날아갈 듯한 기분, 유연한 시간, 통제에서 벗어난 틈새들을 잊었다. 그는 하루도 빠짐 없이 레스토랑을 관리하고 모든 과정이 순조롭게 이어지도록 신경 쓰고 요리의 질을 향상시킬 수 있는 방법론을 다듬어 내느라고 다른 곳에 눈 돌릴 새 없었던 나날들에 대해 들려준다. 모로는 정신적인 피로에 대해, 자크와 주방 보조와 설거지 담당을 보면서 자신이 느끼는 고독감이, 타인과 나눌 수 없는 셰프의 고독감이 커져 갈수록 점점 자라나는 은밀하고 정신적인 피로에 대해 자세히 말한다.

이제 모로가 활기를 되찾고 있는 걸 알겠다. 말하는 속도가 점점 빨라진다. 검지로 테이블을 두드리며 작업 리듬에 대해 자세히 풀어놓는다. 아침을 집어삼키고 저녁을 집어삼키는 작업 속도 ──**가장 힘든 건, 저녁 시간이 제로라는 거예요. 무슨 말인지 아시죠? 4년 동안 저녁 시간이 없었다고요!** ── 때문에 오후 몇 시간을 제외하면 거의 시간이 남지 않는데, 이마저도 빈곤한 시간, 죽은 시간이다. 주변의 모두가 일하는 시간이어서, 많은 것을 할 만하다지만 혼자일 수밖에 없기 때문이다. 그러니 2층에 올라가서 좀 자다가 일을 재개할 시간에 맞춰 내려온다. 일요일에는 늦게까지, 아주 늦게까지 잠을 잔다. 그러고는 몽롱한 상태로 거리를 어슬렁거린다. 너무 피곤해서 뭔가 제대로 된 일을 할 수도 없을 정도라 동네를 벗어나지 않게 되고, 생활 반경은 동네, 골목, 라 벨 세종, 좁아서 자꾸 부딪히는 주방, 그러다가 현재 자신의 생명 전체를 빨아 먹는 주방 작업대로까지 좁아붙게 된다. 그때 나는 라 벨 세종 위층에 자리한 모로의 원룸을, 바닥에 커다란 매트리스만 하나 놓여 있고, 옷가지들이 쌓여 있으며 계속해서 풀 기회를 찾지 못한 책 상자들 위에 컴퓨터가 놓여 있던 천장이 낮은 그 방을 떠올렸다. 늘 쳐놓던 커튼과 그 사이로 스며들던 주황빛 햇살도 떠올랐다. 모로는 일터에서 생활했던 거로구나. 나는 갑작스럽게 그 사실을 깨달았다. 초창기에는 무척 편리했던 것이, 그 작은 아파트가, 대중교통에 허비하는 시간을 벌게 해줬던 편의가, 그래, 엄청난 행운인 그 작은 숙소가 결국에는 모로에게서 일과 생활의 전환이 이루어지는 경로를 박탈해 버리고, 균열을 일으켜 단단하게 굳어 버린 대낮의 시간 속에 꿈이 웅크릴 우묵한 공간을 열어 줄 수 있는 그 틈새들, 두 흐름 사이의 중간 지대들을 앗아가 버리고 만 것이었다.

난 초주검이에요. 모로는 두 손을 머리 뒤로 깍지 끼고 몸을 뒤로 한껏 젖힌 채 내 앞에서 웃는다. 데드. 그러더니 터져 나오는 이 말. 난 삶을 원해요. 나는 그를 유심히 본다. 서른이 눈앞이니, 어쩌면 젊음이 소진되며 저 멀리 달아나 버리고 있다는 생각에 힘든 건지도 모른다. 어쩌면 정상급 육상 선수들이 젊음을 스포츠에 바치는 거나 꼭 같이 자신의 젊음을 요리에 바치고 있다는 생각이 든 건지도 모르겠다 — 이러한 절제, 규율, 고통, 육체와 육체에 깃든 감정에 대한 통제, 불 위에 올려놓은 우유처럼 뜨뜻미지근한, 달리 말하자면 중성화시킨 내면생활, 타인이 강요하고 스무 살 난 청년들이 스스로에게 강요하는 그 규범, 영예만 쳐다보는 그 불길한 영웅주의가 무엇인지를 그 누구도 가까이에서 찬찬히 들여다봐 주는 법은 결코 없으리라. 그런 식으로 라 벨 세종이 영원히 지속될 수는 없다. 경제적 논리이자 기업의 논리이며, 대양 바닥의 한류처럼 구불구불 뻗어 나가 소멸되지 않으려면 성장하기를 요구하는 가차 없는 논리, 이 음험한 논리가 드디어 깨어지고 말았다. 그의 젊음에 부덮혀 산산조각 나고 말았다. 최근 들어 ─ 그저 피곤한 탓이었을까 ─ 요리법의 발전은 없이 동일한 소고기 부위를 갖고 구성 요소만 조금씩 변화시키며, 공간의 제약 ─ 사방에서 짓눌러 오고 거치적거리며 한자리서 맴도는 느낌 ─ 에 점점 더 괴로움을 느끼며, 모로는 새로운 아이디어를 떠올리는 게 힘들다고 느꼈다. 그는 경주에서 벗어났다. 게임에서 빠져나왔다. 그럼으로써 그의 삶에 재갈을 물렸던 시간의 얼개를 터뜨렸다.

10

아시아 / 포토푀, 부용

포토푀 소고기와 각종 야채를 물에 넣고 약한 불에서 장시간 고아 만든 스튜.

두 달 뒤. 방콕은 회색빛이고 포근하며 미친 듯이 돌아간다. 친구 중 한 명이 자신이 셰프로 있는 성업 중인 이탈리아 레스토랑에 빈자리가 하나 났다고 모로를 불러들여서 모로는 지금 그곳에서 일하고 있다. 청년 모로는 라 벨 세종을 폐업한 뒤로 먼 곳으로 나가 보자고, 태국은 아시아 요리의 발견에 관문이 되어 줄 수 있을 것이라고 생각했다. 라 벨 세종의 매각은 27만 유로에 달하는 시세 차익을 가져다줬고, 이는 스스로에게는 봉급을 챙겨 주지 않고 보냈던 지난 시간에 대한 약간의 위로가 되었다. 모로는 이제 관망할 시간적 여유가 조금은 있다. 현재로서는 그가 현지 음식을 만들고 있는 것은 아니다. 국제적인 식

135

도락이 이곳에서 승승장구 중인 부유한 부르주아 실업가들을 드러내 주는 핵심 지표들 가운데 하나이다. 모로가 작업하는 곳이 바로 그런 곳이다.

모로는 요리계의 최신 경향에, 로스앤젤레스, 런던, 파리 그리고 두바이에서 선풍적인 인기를 끌고 있는 유행에 입문한다. 모로는 그 전까지만 해도 상상으로라도 써본 적이 없던 기술들을 경험한다. 그러한 기술들 가운데 하나인 수비드 조리법은 요리사의 기량에 의존하는 것이 전혀 없으며, 낮은 온도에서 오랫동안 익히는 것이 원칙이어서 육즙을 최대한 보존할 수 있고 몹시 부드러운 상태의 육질을 얻을 수 있다. 이곳의 최고급 식당들마다 이 조리법에 열광하고 있는데, 이 조리법은 단백질 응고 시간을 밝혀 준 화학자들에 의해 일일이 정해진 것이고, 아무것도 우연에 맡기는 것이 없어서 실패할 수가 없기 때문이다. 모로는 이 모든 현상에 대해 거의 흥분을 느끼지 못한다. 값싼 부위일 경우에는 흥미로운, 예를 들자면 80도에서 48시간을 익혀야 하는 포토푀의 경우에는 기가 막힌 조리법이지만, 소 안심살일 경우에는 어이 없는 조리법이다. 어쨌든 모로는 빠르게 배운다. 곧 지겨워지기 시작한다.

어느 날, 레스토랑 주인이 방콕의 핫 플레이스 중 하나에 레스토랑을 또 하나 열려고 한다면서, 그곳에서 함께 일해 달라는 제안을 해온다. 그 식당은 극단적인 콘셉트를 기반으로 운영된다. 좌석은 열 개고, 열 단계로 구성된 미식 코스를 저녁에만 제공한다는 것이다. 달리 말하자면, 엄선과 친밀의 극치, 궁극의 경험. 한정 상품이나 아주 드문 특권을 본따서 만든 이런 배타성의 콘셉트는 모방 욕구를 자극한다. 사람들은 그곳에서 저녁 식사를 해봤다는 걸 자랑한다. 사람들은 미리 오래전부터 예약을 하고, 대기자 명단은 끝없이 이어질 뿐 줄어드는 법이 없다. 모로는 이 제안을 하나의 실험으로 간주한다. 그는 능란하게 해낸다. 그의 창의성과 그의 냉정함은 강렬한 인상을 남긴다. 하지만 몇 주 뒤 주인이, 대도시와 휴양지 사이를 오가는 이 부르주아 실업가 유목민들을 겨냥한 최고급 레스토랑 체인점을 열려고 한다는 계획을 알려 오자, 청년 모로는 고개를 젓는다. 그는 흥미를 느끼지 못한다. 이런 유형의 레스토랑에서 쌓는 경험을 연장하고픈 생각이 없고, 태국 사회의 이 최상위층에서 너무 오래 지체하고 싶지 않고, 아무런 중간 단계도 없이 농업 국가에서 곧바로 냉방 장치를 갖춘 대형 쇼핑몰로, 서구에 홀리고 소비에 중독된 인간들의 밀집 지역으로 이행한 이런 도시가 아닌 다른 아시아의 모습을 보고 싶다는 생각을 한다.

친구가 놀란다. 무슨 생각이야? 여기에선 돈은 모이잖아. 그리고 어쨌든 프랑스에서보다야 일도 훨씬 쉽고, 안 그래? 모로는 침묵을 지킨다. 그는 주위를 둘러본다. 노동 강도가 제법 높긴 하지만 싸고 풍부한 노동력이 일의 부담을 덜어 주는 만큼 — **열 명이 들러붙어 당근 세 개를 다듬는다고 상상해 보세요** — 격렬하지는 않다. 그리고 압박감을 동원하는 경영 방식은 먹히지 않아서 주방에 일종의 적요가 자리 잡을 정도인데, 이 적요가 바싹 마른 갑각처럼 갈라지면, 그 적요가 부서지면, 전대미문의 폭력적인 장면들이 연출된다. 생강 넣은 돼지고기로 느릿느릿 라비올리[1]

1 사각형 반죽 안에 치즈와 고기 등의 속재료를 채워 만드는 파스타.

속을 꼼꼼히 채우던 남자가 갑자기 주방 한가운데서 예리하게 갈린 칼을 꺼내 들고는 다른 남자의 경동맥을 찌르려고 그 칼끝을 겨누고, 그러는 동안 나머지 다른 사람들은 모두 부용에서 피어오르는 자욱한 수증기 속에 갇힌 채 꼼짝도 못 한다. 물론, 모로는 이곳에서 부러움을 살 만한 자리에 있다. 그는 젊은 프랑스인 셰프로서, 그 존재 자체로 식당의 상징적인 이미지 형성에 도움을 준다. 하지만 이러한 주방들에는 그가 본능적으로 거리를 두고 싶어 하는 뭔가가, 지나치게 매끈하고 흥분되고 부자연스러운 그 무언가가, 주위에서 분주하게 움직이고 있는 요리사들의 관리받는 근육질 몸매에서 읽어 낼 수 있는 그 무언가가 있다. 미를 바라보는 음험한 눈길. 그래서 모로는 떠난다. 출발한다. 다시 한번 사표를 던지고 자신의 길을 계속 간다. 이번에는 미얀마가 될 것이다.

그는 등에 배낭을 메고 떠난다. 떠돌이 여행객이 되어 그때그때 여정을 조정하며 더 이상 이곳저곳에서 일자리를 구하려 들지 않고 현지인의 집에서 잠을 청한다. 모로는 느린 리듬으로 움직이는 비밀스럽고 열정적인 나라를 발견한다. 모로는 할 수 있는 한 멀리 있는 마을들로 떠나간다. 농촌은 유순하며 강렬한 초록색들을 줄줄이 보여 준다. 청년은 집이나 음식점에서 음식을 만드는 사람들의 행동을 관찰할 시간을 갖는다. 드디어 이곳에서 청년은 자신이 떠나왔던 바로 그 이유를, 거리의 음식을, 사발에 담아서 건네면 긴 의자에 걸터앉아 맛보는 서민적이고 단순한 음식을, 강황이 들어간 수프를, 온갖 종류의 튀김을, 절인 채소들을, 고수를 넣고 향미(香米)로 지은 밥을, 타마린드 이파리와 찻잎 샐러드를, 과즙이 터져 나오는 과일들을 발견하게 된다. 그의 기억 저 깊은 곳을 휘저어 놓는 그 야릇한 맛들을, 그가 정확히 구별하지 못하는 그 향들을, 놀라움을 느낄 수 있는 능력을 되찾아 준 그 풍미들을 발견하고 경탄해 마지않는다.

　나는 크리스마스 직전에 엽서를 한 장 받는다. 몇 가지 단어들이 생각난다. 응아피,[2] 발라차웅,[3] 생강.

---

2 미얀마의 생선 소스.
3 기름에 고추와 말린 새우 등을 볶아서 만드는 미얀마의 반찬.

11

미식 세계 / 그라통, 잠두콩, 비둘기

그라통 돼지, 닭, 거위 등의 기름진 부위를 길게 잘라 약한 불에서 장시간 익힌 음식. 주로 샐러드와 함께 내거나, 투르트나 타르트를 만들 때 사용된다.

모로는 떠돌아다닌다. 뭔가를 찾는다. 기다리는 중이다. 그는 몇 달간 행방이 묘연하다가는 다시 모습을 드러낸다. 오랜만에 만날 때마다, 모로는 다른 식당의 다른 파트에서 뭔가 다른 일을 하고 있다. 속속들이 알아내고 파트마다 전부 다 겪어 보기로 작정한 사람 같다.

모로는, 자기 기술에 대한 자긍심이 넘치는 숙련된 정육사 곁에서 견습생으로 일하며 닭, 오리의 내장을 깨끗이 제거하는 법을 배우고, 하루 종일 냉동실과 상점 사이를 오가고, 일주일에 며칠은 주인을 따라 룅지스에 들르고 ― 모로 역시 새벽 5시가 되자마자 다른 정육사들과 함께 계산대 앞에 서고, 역시 커피

를 마시며 구운 빵에 그라통을 발라 먹는다 — 일본
검객처럼 진지하게 다양한 종류의 칼들을 일컫는 명
칭과 그것들의 사용법을 배운다는 소식이 들려온다.

그로부터 몇 달 뒤, 미식계의 스타에게 발탁된 모
로가 7구의 별 셋짜리 레스토랑에 파트 조리장으로
가 있다는 걸 알게 된다. 아드레날린은 최고, 압력은
최대인 경험이 그에게는 흥미롭다. 모로는 라 사르트
나 뢰르에 위치한 채소 농원들이 이곳 레스토랑의 부
탁으로 특별히 키워 낸 채소들을 요리한다. 하지만
주방을 지배하는 긴장은 정말이지 그에게는 맞지 않
고, 주당 70시간 노동에 월급이 1천5백 유로인 것도
그렇다. 모로는 6주를 버티다가 그곳에서 몸을 뺀다.

다음 해, 모로는 유명세를 타고 있는 부르스 근처
의 레스토랑 라 코메트에서 수셰프[1]로 정식으로 일한
다. 모로는 이곳에서 한참을 머문다. 이곳은 미식 세
계에서 한창 주가 상승 중인 레스토랑이다. 셰프는
미디어의 관심을 받는 젊은이로, 호텔 조리 학교를
졸업한 뒤 유명 레스토랑을 거쳤다. 이곳의 음식은

[1] 셰프에 이어서 주방에서 두 번째로 지휘권을 갖고 있는 요리사.

요즈음 유행에 맞는 스칸디나비아풍으로, 선별된 소
규모 생산자들에게서 구매한 신선한 재료 본연의 맛
에 충실하다. 유기농 식재료와 직거래. 하루에 2회전,
70인분. 라 코메트의 컨셉은 전형적인 레스토랑의 운
영 방식을 뒤집는다. 고정 메뉴가 없다. 재료로부터
영감을 얻어 다양한 음식들을 만들어 낸다. 낮에는
45유로에 앙트레-메인-디저트로 구성된 세트 메뉴
나 75유로에 여섯 단계로 구성된 코스 요리를 내고,
저녁에는 포도주를 곁들여 이 코스 요리를 140유로
에 낸다. 실내 구조는 칸막이가 없는 공간 창출에 주
안점을 두어 주방과 홀 사이를 나누지 않았다. 보이
지 않던 것을 보이게 만들고 요리사의 작업을 안무와
연극으로 탈바꿈시키는 방식. 요리사의 작업을 공유
하는 방식. 자유로운 분위기, 정제된 우아함, 중성색
계열과 멋진 자재.

　나는 내 친구가 일하는 모습이 보고 싶다. 어느 날
아침, 사람들이 공연 구경 가듯 모로의 직장으로 찾
아간다. 주방 팀은 젊고 남녀 혼성에 다국적이다. 주
방 분위기는 자유롭고, 록과 최신 유행에 가깝다. 모

로는 내게 미리 귀띔을 해줬다. 여기 고용된 사람들은 미식에 관한 소양을 쌓을 만한 형편에서 컸고, 열정이 있는 사람들이다. 학교생활에서 낙오하는 바람에 주물 제조업자와 기계공과 요리사 사이에서 선택할 수밖에 없어서 차선책으로 요리로 방향을 정한 사람들, 외식 산업에서 대다수를 형성하고 있는 그런 사람들과는 완전히 다른 부류다. 모로는 2천5백 유로를 월급으로 받으며, 여전히 경우에 따라서는 주당 70시간까지 일하기도 한다.

아침 8시, 각자의 작업대 앞에 서야 하는 시간. 셰프를 제외하면 모두 아홉 명이 협소한 주방에서 네 군데의 작업대 앞에 나뉘어 서서 분주하게 움직이고 있다(육류 파트 1명, 생선 파트 2명, 재료 손질 및 재고 관리 파트 3명, 제과 파트 2명, 그리고 수셰프에 모로). 분위기는 차분하고, 각자 자신이 해야 할 일 — 버섯과 강낭콩 껍질 벗기기, 카르파초[2]에 쓸 소고기 훈연하기, 잠두콩 무르지 않게 데치기 — 을 알고 있다. 10시. 이

2 익히지 않는 소고기를 얇게 썰어 그 위에 마요네즈나 레몬즙을 뿌려 먹는 이탈리아 요리.

제 리듬이 서서히 빨라지고, 여기저기서 목소리들이 날아오르고 —〈생선은 포 떴지?〉,〈가자미는 어떻게 됐어?〉,〈크림 3킬로그램 더 보충해 줘〉— 이러저런 소식들이 돌아다닌다. 요리사들은 업계의 인원 교체에 대한 소식들을 나눈다. 떠난 사람들, 새로 들어온 사람들. 지방에 내려가서 셰프로 올라선 수셰프. 자리를 내놓고 칠레로 떠나 버린 뛰어난 소믈리에. 메닐몽탕에 새로 생긴 레스토랑 —〈그래? 얼마 준대?〉. 이들은 이러저런 식당들의 명성과 셰프들의 명성을 견줘 가며 봉급과 근무 시간을 비교한다. 11시. 모든 작업 종료. 이제는 대청소다. 주방은 다시 근사해지고 서비스에 들어갈 준비에 돌입한다. 각자의 영역을 박박 문질러 닦고, 가스레인지 위로 기어오를 듯이 스테인리스 표면 위로 팔을 길게 뻗는 바람에 팬티 윗부분과 허리춤의 맨살이 가느다랗게 드러난다. 소리를 흡수할 수 있게 구멍 뚫린 고무 깔개를 사방 바닥에 깐다. 그러고 나자, 서서히 리듬이 고조되고, 마침내 서비스에 돌입하자 볼만한 광경이 펼쳐진다. 빠르게 물 흐르듯 이어지고, 일사불란하며 정확하다. 주문이 들

어오는 대로 접시들이 하나씩 하나씩 잇달아 떠나간
다. 가장 뜨겁게 달아오르는 시간은 13시 30분쯤이
다. 그즈음 강도는 한 단계 더 세어지고, 집중은 절정
에 달한다. 극도로 분업화된 군무가 홀에서 식사하고
있는 사람들에게 강한 인상을 남기는 순간이기도 하
다. 15시에 다가가면 드디어 속도가 느려지기 시작한
다. 설거지 담당 직원 둘은 홀이 꽉 찬 걸로 보아
420개의 접시를 세척하고 난 뒤이리라. 그리고 내 귀
엔 자그마한 목소리가 묻는 말이 똑똑히 들려온다.
내일은 뭘 낼까?

12

꼬송드레

코숑 드 레 새끼 돼지 통구이.

모로는 여름이 시작될 무렵, 결국 라 코메트를 떠난다. 하지만 가끔씩 자리를 비우는 셰프를 대신하느라 정기적으로 일을 해주러 다시 온다. 시간과 행동에 있어서 자유로워진 모로는 그 뒤로 계속해서 경험을 쌓아 나간다. 냉음식과 온음식을 내는 새로운 유형의 프랜차이즈 카페를 위한 간단한 컨설팅을 해주거나, 여성 셰프인 친구가 마레 지구의 한 식당에서 10인용 원 테이블을 한 달 동안 운영해 보려고 할 때 도움을 주려고 시간당 10유로를 받고 임시로 근무하기도 한다. 모로의 머릿속에 뭔가 생각이 있는 것 같다. 그렇게 느껴진다. 어느 여름날 저녁, 벨빌 공원을 향해 장비에르주가를 내려가면서 모로에게 묻는다.

다시 레스토랑을 열려고요. 나는 우뚝 멈춰 선다. 라 벨 세종과 같은 경영 방침이야? 내가 묻는다. 모로는 고개를 젓는다. 꼭 그런 것은 아니란다. 지금으로서는, 홀에서 일어나는 일의 중요성을 다시금 일깨울 수 있는 장소를 만들어 내려는 생각이다. 한 식탁에서 음식을 나누는 전통을 재창조하는 레스토랑. 단 한 명의 영예로운 창의성이 표출되거나 개개인이 감각적 경험을 맛볼 수 있는 공간에 그치는 것이 아니라, 타인과의 관계 생성 및 집단적 모험이 가능한 공간으로도 기능하는 레스토랑. 자, 코숑 드 레가 드시고 싶다고 쳐요. 그러자면 최소 네다섯 명은 필요해요. 그러면 일어나셔서 커다란 목소리로 묻는 거예요. 나랑 코숑 드 레 함께 드실 분? 그다음엔, 다른 사람 테이블로 옮겨 앉아요. 그러고는 그 사람과 이런저런 이야기를 나누게 되죠. 그렇게 시작하는 거예요. 뭔지 아시겠죠? 뭔지 알겠다. 내 얼굴에 미소가 떠오른다. 나는 모로에게 내 접시를 내미는 시늉을 한다.

옮긴이의 말

　『식탁의 길』의 작가 마일리스 드 케랑갈은 지난여름,『살아 있는 자를 수선하기』라는 장편소설을 통해 한국 독자들에게 처음 이름을 알렸다. 깊이와 치열함이 번뜩였던 그 작품을 기억하는 독자라면, 이번 작품에서 뜻밖의 색다른 느낌을 받게 될 듯하다. 이전 작품이 정교하고 복잡하게 구성된 풀 코스 정찬이라면, 이번의 단아한 소품은 맛깔스러운 단품 요리라고나 할까.

　『식탁의 길』은 프랑스의 쇠유 출판사가 〈삶을 이야기하다*Raconter la vie*〉 총서를 위해 케랑갈에게 특별히 집필을 의뢰하면서 탄생하게 된 작품이다. 이 총서의 공동 기획자인 로장발롱은 나날이 파편화되어

가는 사회 속에서 그 모습이 보이지 않고 그 목소리
가 들리지 않는 개별적 존재들의 삶을 이야기할 수
있는 공간 창출이 총서의 기획 의도라고 밝혔고, 이
에 부응한 사회학자, 인류학자, 기자, 작가 등이 보이
지 않는 모습으로 존재하던 프랑스 사회의 각 구성원
들에게 발언권을 돌려주기 위해 기꺼이 총서에 참여
했다. 케랑갈 역시 이 총서의 의도에 맞추어 하나의
직군으로서의 〈요리사〉에 초점을 맞추었고, 그 결과
청년 요리사 모로와 그의 성장기를 담아낸 『식탁의
길』이 빛을 보게 되었다.

사실, 마일리스 드 케랑갈의 손끝에서 탄생한 모로
라는 주인공이 요리사라는 직업인의 평균적이고 대
표적인 모습이라고 보기는 힘들다. 모로는 경제학 석
사를 마치고 박사 준비 과정까지 수료한 고학력자이
며, 지적이고 세련된 부모가 늘 곁에서 머물며 적절
한 순간에 물적·정신적 지원을 해줄 태세가 되어 있
다. 주인공 모로가 요리사라는 직업군과 그 직업 세
계의 평균적 현실을 반영할 수 없다는 사실은, 어쩌
면 본래의 기획 의도에 비추어 볼 때 걸림돌이 될 법

도 하다. 하지만 영리한 작가는 모로의 〈특이한 이력〉을 스스로 먼저 인정해 버림으로써 그러한 위험을 무릅쓸 이유가 있었음을 슬며시 내비친다. 작품을 읽어 나가다 보면 작가는 요리사의 길을 능동적이고 주체적인 방식으로 택한, 지성과 감성이 특출하게 발달한, 그런 점에서 작가의 분신이기도 한 모로를 통해 요리사의 외적인 삶뿐만 아니라 내적인 삶까지도 예리하고 분석적인 시선으로 들여다보고 싶었던 것이 아닐까라는 짐작을 하게 된다.

사회적 존재이자 개별적 존재로서의 요리사의 삶을 심층적으로 파헤치고 싶었던 작가의 욕망은 이 작품의 독특한 형식에서도 선명하게 드러난다. 케랑갈은 이 총서에 참여한 필자들이 저마다 자신에게 가장 잘 맞는 방식을 선택했듯이, 요리사의 삶을 이야기하기 위해 자신의 주 무기인 소설을 택한다. 독자들이 이 작품을 읽으면서 픽션의 느낌과 논픽션의 느낌이 묘하게 공존한다는 느낌을 받았다면, 이는 바로 작가가 소설이라는 장르의 너그러움을 최대한 활용해 다큐멘터리, 앙케트, 르포와 픽션의 요소들을 형식의 제약에서 벗어나 자유롭게 작품 속에 녹여 넣었기 때문이리라. 덕분에 사회학 연구 보고서에 담길 만한 내용들이 소설 안에 부담스럽지 않게 끼어들었고, 총서의 의도와도 걸맞게 사회적 존재로서의 요리사의 모습이 충분히 부각될 수 있었다.

이 아담한 작품은 보기와는 다르게 수많은 얼굴을 지니고 있다. 요리의 세계에 대한 냉철한 보고서가 등장하나 싶으면 모로라는 청년의 흐뭇한 성장기가 흘러가고, 그런가 하면 오로지 모로의 육체에 대한, 특별히 그의 손, 요리사의 손에 대한 묘사로 채워진 파격적인 장이 튀어나와 빼어난 크로키를 감상할 시간을 선사하기도 한다. 이제 이 작품의 다채로운 매력을 발굴해 내는 일은 독자에게 맡긴다.

우리 집의 〈모로〉와 이 번역을 나누며
2018년 봄
정혜용

옮긴이 **정혜용** 서울대 불어불문학과와 동 대학원을 졸업하고 파리 3대학 통번역 대학원(ESIT)에서 번역학 박사 학위를 받았다. 현재 번역, 출판 기획 네트워크 〈사이에〉 위원으로 활동하고 있다. 옮긴 책으로 마일리스 드 케랑갈의 『살아 있는 자를 수선하기』, 아니 에르노의 『한 여자』, 기 드 모파상의 『비곗덩어리』, 쥘리 마로의 『파란색은 따뜻하다』, 앙드레 고르스의 『에콜로지카』, 샤를 보들레르의 『샤를 보들레르: 현대의 삶을 그리는 화가』, 발레리 라르보의 『성 히에로니무스의 가호 아래』 등이 있고, 지은 책으로 『번역 논쟁』이 있다.

식탁의 길

발행일   **2018년 5월 25일 초판 1쇄**

지은이   마일리스 드 케랑갈
옮긴이   정혜용
발행인   홍지웅 · 홍예빈
발행처   주식회사 열린책들

경기도 파주시 문발로 253 파주출판도시
전화 **031-955-4000** 팩스 **031-955-4004**
www.openbooks.co.kr

이 도서의 국립중앙도서관 출판예정도서목록(CIP)은 서지정보유통지원시스템 홈페이지(http://seoji.nl.go.kr)와 국가자료공동목록시스템(http://www.nl.go.kr/kolisnet)에서 이용하실 수 있습니다.(CIP제어번호:CIP2018014495)